W0467768

dtv

Wenn die Abende wieder länger werden, wenn der Winterwind an den Fenstern rüttelt, wenn das Kaminfeuer prasselt und der Tee wärmt – dann sehnt man sich nach Sofa, Decke und einem guten Buch.

Die schönsten Geschichten von vierzehn großartigen Autoren: Ewald Arenz, T.C. Boyle, Alex Capus, Elke Heidenreich, Dora Heldt, Ulrich Knellwolf, Siegfried Lenz, Harry Luck, Ian McEwan, Annette Petersen, Ulrike Rylance, Kim Småge, Martin Suter und Jan Weiler.

Heute dichter Schneefall

Die schönsten Wintergeschichten

Herausgegeben von
Karoline Adler

Deutscher Taschenbuch Verlag

Ausführliche Informationen über
unsere Autoren und Bücher
finden Sie auf unserer Website
www.dtv.de

MIX
Papier aus verantwortungsvollen Quellen
FSC® C019821

Originalausgabe 2014
© 2014 Deutscher Taschenbuch Verlag GmbH & Co. KG, München
Alle Rechte vorbehalten
(siehe Quellenhinweise S. 229 ff.)
Umschlagkonzept: Balk & Brumshagen
Umschlagillustration: Gerhard Glück
Gesetzt aus der Garamond 12,5/15,5·
Gesamtherstellung: Druckerei C.H.Beck, Nördlingen
Gedruckt auf säurefreiem, chlorfrei gebleichtem Papier
Printed in Germany · ISBN 978-3-423-25356-7

Inhaltsverzeichnis

Dora Heldt
Weil Weihnachten ist 7

Alex Capus
Wollene Unterhosen 47

Martin Suter
Neues von Dings 55

Annette Petersen
Familiendrama 59

T. Coraghessan Boyle
Vom raschen Aussterben
der Tiere 74

Elke Heidenreich
Rudernde Hunde 118

Kim Småge
Das Weingeheimnis 131

Jan Weiler
Der Nikolaus ist da! 140

Ulrike Rylance
Vorfreude 147

Ulrich Knellwolf
Tod in Sils Maria 157

Ewald Arenz
Königreich Familie 174

Siegfried Lenz
Eisfischen 177

Harry Luck
Harry, fahr schon mal in
Hückeswagen vor 183

Ian McEwan
Schon mal Schneemobil gefahren? 200

Die Autoren 227

Dora Heldt

Weil Weihnachten ist ...

Ines ballte die Faust in der Tasche und lächelte den kleinen, dicken Jungen im Engelskostüm angestrengt an. Nach einem tiefen Atemzug beugte sie sich langsam nach vorn und flüsterte ihm sanft ins Ohr: »Wenn du nur noch ein einziges Mal mit deiner blöden Bratwurst an meinen Mantel kommst, reiß ich dir die Ohren ab.« Sie richtete sich wieder auf und sagte mit lauter Stimme: »Na, dann hoffe ich, dass der Weihnachtsmann dir alle Wünsche erfüllt.« An eine junge Frau gewandt, sagte sie: »Ist das Ihr Sohn? Ganz reizend. Fröhliche Weihnachten.«

Unter dem verwirrten Blick der Mutter drehte sie sich auf dem Absatz um und bahnte sich einen Weg durch die Menschenmassen auf dem Weihnachtsmarkt. Da hatte sie sich extra einen Tag freigenommen, um in Ruhe alle Geschenke einkaufen zu können, und erwischte anscheinend genau den Tag, an dem das ganz Hamburg machte. Millionen von Menschen waren unterwegs, die Millionen von Plastiktüten trugen, aus denen Millionen von Geschenkpapierrollen ragten, und jeder zweite von ihnen aß gerade Bratwurst mit Senf und trank Glühwein dazu. Es war grauenhaft. Und das Allergrauenhafteste war, dass sie noch kein einziges Geschenk hatte, noch nicht einmal eine Idee. Weder für ihre Eltern noch für ihre Geschwister, ganz zu schweigen von den anderen Familienmitgliedern, die alle bei ihrer idyllischen Weihnachtsfeier einfallen würden. Dafür hatte sie zwei Fettflecken auf dem neuen Mantel, wunde Füße und beginnende Kopfschmerzen. Und das alles am 22. Dezember. Dabei hatte sie eine absolut großartige Einladung für Heiligabend bekommen: Weihnachten auf einem Gutshof in Dänemark. Ohne Stress, ohne Geschenke, aber mit einer Menge toller Leute, viel Rotwein, gutem Essen, Entspannung und viel Ruhe. Ines' älteste Freundin Maren lebte seit zwei Jahren dort und hatte nach Abschluss aller Renovierungen jetzt alle neuen und alten Freunde eingeladen. Es wäre zu schön gewesen.

Aber Ines musste ja nach Sylt, um mit der Familie Weihnachten zu feiern. Wie immer. Und dabei spielte es keine Rolle, dass sie schon achtunddreißig war. Ihre Schwester Christine war fast in Ohnmacht gefallen, als Ines vorsichtig angedeutet hatte, dass sie vielleicht dieses Jahr nach Dänemark fahren würde.

»Wir feiern immer zusammen, Ines«, hatte sie voller Entrüstung gesagt. »Das kannst du Mama und Papa nicht antun! Die freuen sich monatelang drauf. Georg würde sicher lieber mit Nina Skifahren, und Johann findet es auch nicht lustig, dass ich auf Sylt bin, aber da müssen wir durch. Auch du. Also, komm.«

Unvermittelt blieb Ines vor einem Café stehen. Durch die Scheibe sah sie einen freien Tisch. Eine halbe Stunde Pause mit Kaffee und Kuchen wär jetzt nicht schlecht. In jedem Fall gut für die Nerven. Und vielleicht bekam sie dabei auch eine Idee, was sie ihrer Mutter schenken könnte. Und wie sie dieses Jahr Weihnachten überleben würde.

Christine schloss ihr Portemonnaie und steckte es in die Handtasche zurück. Sie wartete, dass ihr die Verkäuferin das mit Schleifen und Tüll verzierte Gebilde über den Tisch reichte. So eine Verpackung hatte keine Bodylotion verdient, aber diese Parfümeriedamen waren in ihrem Weihnachtsrausch am Geschenkpapier- und Schleifentisch nicht zu bremsen. Und ihre Mutter Charlotte hatte ja etwas übrig für türkisen Kitsch und silberne Bänder. Zufrieden verließ Christine den Laden. Jetzt hatte sie alle Geschenk beisammen. Fröhliche Weihnachten! Und sie hatte sogar noch Zeit, auf dem Weihnachtsmarkt einen Punsch zu trinken.

Sie ging immer zum gleichen Stand, der dritte rechts vom Eingang. Nette Leute und kein gepanschter Wein. Sie stellte sich in die Schlange – fünf Kunden waren noch vor ihr – und betrachtete den Trubel. Christine verstand nicht, dass es Menschen gab, die etwas gegen Weihnachten hatten. Sie mochte diese Zeit. Sie mochte Punsch, Kekse, Stollen, Kerzen, Tannen, Geschenke und sie mochte ihre Familie. Das lag vielleicht daran, dass sie die Älteste war. Bei ihren Geschwistern sah das ganz anders aus.

»Christine?« Eine Stimme holte sie aus ihren Gedanken. Bevor Christine sich umdrehen konnte, spürte sie bereits eine Hand auf ihrem Arm. »Was machst du allein auf dem Weihnachtsmarkt? Frustpunsch? Oder habe ich Johann übersehen?«

»Hallo, Dorothea.« Christine küsste ihre Freundin kurz auf die Wange, dann sah sie, dass sie an der Reihe war. »Willst du auch einen Punsch?« Dorothea nickte. »Ja, gern.«

»Dann also zweimal bitte.«

Sie balancierten die Becher zu einem klebrigen Stehtisch, der etwas am Rand stand. Kopfschüttelnd sah Dorothea auf die tanzenden Weihnachtsmänner, die die Tasse schmückten und sagte: »Irgendwie macht mich diese Zeit wahnsinnig. Dass du das alles schön findest, verstehe ich immer weniger. Ich fliege übrigens übermorgen nach San Francisco, hab ich das erwähnt? Raus aus dem Schneematsch und weg von den Weihnachtsmännern.«

Christine pustete in den Becher. »Weihnachtsmänner haben die Amis auch, da mach dir mal nichts vor – nur bunter. Und noch mehr Kitsch.«

»Aber das Wetter ist besser und vor allem: Keine Familie weit und breit. Das kann man bei euch ja nicht sagen.« Dorothea grinste. »Oder gibt es dieses Jahr eine Planänderung?«

»Natürlich nicht.« Christine sah sie überrascht an. »Wir fahren immer nach Sylt. Wir können doch nicht meine Eltern über die Feiertage alleine im Haus sitzen lassen. Und du kennst sie doch: Die hassen Hamburg. Zu groß, zu laut, zu viel Müll, zu viele Menschen.

Da kommt doch keine Weihnachtsstimmung auf. Also fahren wir zu ihnen. Und ich finde es übrigens auch schön, Weihnachten auf Sylt. Ruhe, Meer, Wind, mit Glück Schnee. Es ist herrlich.«

Dorothea nickte. »Deine Schwester sieht das aber anders. Ich habe Ines vorhin beim Kaffeetrinken getroffen. Sie hat sich drei Stücke Kuchen bestellt. Aus Frust. Und Angst vor den Feiertagen.«

»Ines.« Christine winkte genervt ab. »Sie macht jedes Jahr dieses Theater. Zwei Tage vorher fällt ihr ein, dass sie noch Geschenke besorgen, Wäsche waschen und ihre Steuer machen muss. Und dabei verfällt sie erst in Hektik und dann in schlechte Laune. Außerdem hat sie irgendeine Einladung, die auf einmal lebenswichtig ist. Wie immer. Aber letztlich gefällt es ihr dann doch.«

»Ja?«, Dorothea guckte skeptisch. »Das hörte sich vorhin ganz anders an. Ach, guck mal, da läuft dein Bruder.« Sie pfiff so abrupt auf zwei Fingern, dass Christine erschreckt zusammenzuckte und etwas von ihrem Punsch verschüttete.

»Bist du irre? Oh nein, auf den Ärmel, das geht doch nie wieder raus.«

Entsetzt starrte sie auf den ehemals wollweißen Ärmel ihres Mantels, der jetzt rot gesprenkelt war. »Ärgerlich.«

Ihr Bruder stand schon vor ihr. »Hey, das ist ja ein Zufall. Drei Millionen Menschen auf dem Weihnachtsmarkt und nach mir wird gepfiffen. Ist das Punsch auf deinem Mantel, Christine? Sieht nicht gut aus.«

»Hallo Georg. Sehr witzig.« Verbissen rieb seine Schwester mit einem Tuch auf den Flecken herum. Erfolglos. »Was machst du eigentlich hier? Ich denke, du bist bis morgen bei Nina?«

»Nein«, Georg hob die Schultern, »Nina hatte keine Lust, über Weihnachten zu ihren Eltern zu fahren. Und weil ich weg bin, hat sie kurzentschlossen eine Woche Skiurlaub mit ihrer Freundin Katrin gebucht. In Südtirol. Gestern sind sie gefahren.«

»Warum fährt sie nicht mit nach Sylt?« Dorothea war mit drei Bechern Punsch zurückgekommen.

»Ach, weißt du …«, Georg sah seine Schwester lange an. »Sie war ja schon mal mit dabei. Johann übrigens auch. Aber … es hat ihnen … nicht so besonders gut gefallen. Zu viele Leute und überhaupt.«

»Wieso?« Dorothea sah zwischen den beiden hin und her. »Kommt Johann denn auch nicht?«

Betont harmlos lächelte Christine sie an. »Johann? Nein, der fährt dieses Jahr mal mit seiner Tante Mausi nach Stockholm. Städtetour. Das hat sie sich schon so lange gewünscht. Und jetzt machen sie das über die Feiertage.«

Das Klingeln von Georgs Handy verhinderte weitere Ausführungen. »Ines, ich stehe mit Christine und Dorothea auf dem Weihnachtsmarkt und trinke Punsch. Was gibt's?«

Er hörte ihr einen Moment zu, dann schüttelte er leicht den Kopf und sagte: »Keine Ahnung, komm am besten her, dann überlegen wir was. Wir sind am Rathausmarkt, dritter, nein vierter Gang rechts, gleich am Anfang. Okay, bis gleich.«

Georg ließ das Telefon zurück in die Jacke gleiten und sagte: »Sie findet kein Geschenk für Mama und fragt, ob sie sich nicht einfach an unseren beteiligen kann.«

»Nein!«, entrüstet stellte Christine ihren Becher auf den klebrigen Tisch. »Sie kann sich doch wohl einmal selbst Gedanken machen. Jedes Jahr dasselbe.«

»Fröhliche Weihnachten.« Mit einem Lächeln schob Dorothea ihre Mütze in die Stirn. »Ich wünsche euch viel Spaß bei eurer Familienweihnacht. Auch wenn der Zickenkrieg jetzt schon vorher beginnt. Aber ihr werdet es schon hinkriegen, da habt ihr doch schon Übung. Also, wir sehen uns im neuen Jahr. Haltet durch. Bis dann.«

Mit einem Anflug von Neid sahen Christine und Georg ihr hinterher.

Am nächsten Tag trommelte Christine ungeduldig mit den Fingern aufs Lenkrad. Sie stand jetzt schon eine Viertelstunde vor dem Haus, in dem Ines wohnte. Natürlich gab es hier wieder mal keinen Parkplatz, deshalb wartete sie in der zweiten Reihe, während Georg hochgegangen war. Vor einer Viertelstunde. Christine drückte noch einmal auf die Hupe. Ein Ladenbesitzer, der vor seiner Tür stand, zeigte ihr einen Vogel. Christine tat so, als hätte sie aus Versehen gehupt. Erleichtert sah sie in diesem Moment ihre Geschwister auf die Straße treten.

»Na endlich«, sagte sie, als Georg die Beifahrertür öffnete. »Was macht ihr denn die ganze Zeit?«

»Frühstücken«, antwortete ihr Bruder freundlich. »In aller Ruhe. Warum?«

»Sehr komisch.«

Ines knallte den Kofferraumdeckel mit so viel Schwung zu, dass das Auto vibrierte. Dann lief sie ums Auto und riss die Fahrertür auf.

»Frohe Weihnachten, liebste Schwester. Ich habe mein Ladekabel nicht gefunden. Hupst *du* hier die ganze Zeit wie bescheuert?«

»Steig ein«, erwiderte Christine. Sie zuckte zusammen, als Ines die Tür zuschlug. »Und ich fahre keinen Trecker. Die Türen kann man auch sanft zumachen.«

»Ja, ja.« Ines setzte sich hinter Georg und klopfte an seinen Sitz. »Rutsch nach vorn. Mir sterben sonst die Beine ab.«

Christine startete den Motor und setzte den Blinker. Im Radio lief der schlimmste Weihnachtspopsong, den es gab. Mit einem verhaltenen Seufzer sah sie im Rückspiegel das Gesicht ihrer Schwester.

»Mama und Papa freuen sich doch immer so, Ines. Weihnachten ist nun mal ein Familienfest. Und eigentlich ist es doch auch immer ganz nett.«

»Ja, nach drei Flaschen Rotwein.« Ines drehte sich zur Seite. »Und wenn du nicht das

Radio leise drehst, kriege ich sofort Ausschlag von diesem grauenhaften Lied.«

»Jetzt hört schon auf.« Georg nestelte eine CD aus seiner Tasche und schob sie ein. »Ich habe Musik dabei, sehr schöne, ohne ein einziges Weihnachtslied, aber wenn ihr weiter zickt, nehme ich die wieder raus und stelle das Radio lauter.«

Zwei Stunden später fuhren sie auf den Autozug nach Westerland. Einen Tag vor Heiligabend fuhren nur wenige auf die Insel. Der Ansturm kam erst am zweiten Weihnachtstag.

»Nichts los auf der Insel.« Ines streckte sich und gähnte. »Nur die Inselkinder, die gezwungen werden.«

»Ines, bitte«, Christine feuerte einen bösen Blick auf ihre Schwester. »Geh mir nicht auf die Nerven. Du kannst ja nächstes Jahr zu Hause bleiben. Aber das erklärst du Mama und Papa selbst. Und Tante Inge und Onkel Walter. Es sind drei Tage, meine Güte. Und du hast dich noch nicht einmal um die Geschenke gekümmert. Nur mitgezahlt. Und falls es dich interessiert: Ich freue mich.«

»Sind Pia und Björn denn wenigstens da?«

»Natürlich.« Georg sah seine kleine

Schwester an. »Die wurden von Tante Inge gezwungen. Das wäre ja wohl noch schöner. Pia kommt übrigens auch ohne Frank. Unsere Partner sind wirklich alle Weicheier.«

Christine schwieg.

Das Thermometer im Auto zeigte sieben Grad, der Scheibenwischer quietschte, weil der leichte Sprühregen zu wenig für die Wischblätter, aber zu viel für die Scheibe war.

Wenn es wenigstens schneien würde, dachte Christine, hütete sich aber, es auszusprechen, weil Ines es bestimmt kommentieren würde. Die Straßenlaternen der Insel waren mit Tannen und roten Schleifen dekoriert, alles hing ein bisschen schlapp herunter.

»Es hat sich eben nichts verändert«, Ines wischte über die beschlagene Scheibe, »gar nichts. Da steht das Empfangskomitee.«

Christine würgte fast den Motor ab, als sie auf die Auffahrt fuhr. Auf der Treppe standen ihre Eltern, eingerahmt von Tante Inge und Onkel Walter. Alle vier trugen rote Weihnachtsmützen.

»Hohoho«, rief Onkel Walter und winkte. »Fröhliche Weihnachten und herzlich willkommen.«

Ihr Vater war mit zwei Schritten am Auto

und öffnete Ines die Tür. »Ihr seid ja spät dran. Wolltet ihr nicht um acht losfahren?«

»Nein, Papa.« Ines stieg langsam aus und streckte ihren Rücken durch, bevor sie Heinz umarmte. »Von acht war nie die Rede, da hätte ich um sechs aufstehen müssen. Ich bin doch nicht verrückt. Schönes Mützchen.«

»Die hat Walter besorgt, gab es im Supermarkt. Die sind schön warm, willst du auch mal aufsetzen?«

»Nein, danke. Hallo Mama.«

Heinz wandte sich sofort an seine Älteste.

»Na, Christine, du siehst aber abgespannt aus.«

»Frohe Weihnachten, Papa. Nein, nimm die Mütze weg, ich war gestern beim Friseur.«

Beleidigt stülpte Heinz das rote Teil wieder auf. »Dann nicht. Ist aber gut bei diesem Regen. Georg, was sagst du zum HSV? Kennst du diesen neuen Spieler?«

»Ja.« Georg schob sich zwischen seinen Schwestern durch, um seine Mutter zu begrüßen. Sie legte den Kopf schief und musterte ihn. »Du wirst immer dünner. Isst du nichts mehr? Guck dir deine Schwestern an, die sehen besser aus.«

»Charlotte.« Tante Inge stand jetzt auch

bemützt neben ihnen. »So dick sind die Mädchen auch nicht. Du musst dir nachher mal Pia angucken, die hat ordentlich zugelegt.«

Hinter ihrem Rücken verdrehte Ines die Augen. Ihre Schwester versuchte es zu ignorieren. Weder Christine noch Ines waren zu dick, neben Georg sah einfach jeder aus wie ein Tanklastzug.

»Wollt ihr noch länger im Regen stehen bleiben?« Onkel Walter hatte sich trotz weihnachtlicher Kopfbedeckung nicht aus dem Schutz des Vordachs bewegt. »Der Tisch ist schon gedeckt. Wenn ich nicht sofort etwas zu essen kriege, werde ich ohnmächtig.«

»So schnell kippst du nicht um.« Nach einem tadelnden Blick auf den Gatten klopfte Tante Inge Christine aufmunternd auf die Schulter. »Du freust dich immer auf Weihnachten, oder? Pia tut ja immer so, als wäre es eine Zumutung, für drei Tage von Berlin nach Sylt zu kommen. Aber dann findet sie es doch jedes Jahr schön.«

»Ja, ich –«, begann Christine. Inge drehte sich zu Ines. »Und bei dir ist alles klar? Job, Wohnung – alles schön? Hast du immer noch keinen Freund?«

»Tante Inge, ich …«

»Inge«, Walters Stimme war jetzt ungehalten. »Ich kipp jetzt um.«

»Wir können gleich essen.« Charlotte griff sich eine Tasche und ging zur Haustür. »Schuhe aus, hinsetzen. Walter kippt sonst um.«

Christine, Ines und Georg warteten, bis die vier Weihnachtsmänner hinter der Tür verschwunden waren. Dann gingen sie langsam hinterher.

Im Flur versuchte Georg zu spät, durch eine abrupte Kopfbewegung den schwebenden Engeln auszuweichen. Er erwischte zwei von zwölf mit der Schläfe. Die Engel lösten sich von der Kordel und zersprangen auf den Fliesen in unendlich viele Scherben.

»Herrgott! Überall hängt hier was.« Ungeduldig hockte er sich hin und versuchte, die silbernen Scherben zusammenzuschieben.

»Ist eben Weihnachten.« Ines bückte sich und hob einen glitzernden Flügel auf. »Ich dachte, Engel können fliegen. Von wegen. Mama kriegt einen Anfall. Sie hat die Dinger erst letztes Jahr in Stockholm auf dem Weihnachtsmarkt gekauft.«

»Wo bleibt ihr –? Ach, meine Engel. Wie habt ihr das denn geschafft? Kaum seid ihr da, geht die halbe Deko zu Bruch.«

Mit bekümmertem Blick ging auch Charlotte in die Hocke und besah sich den Schaden. »Da kann man noch nicht einmal was kleben. Schneide dich nicht, Georg, sonst saust du hier alles ein.«

»Ich kipp gleich um!«, rief Onkel Walter lautstark aus der Küche. »Wie lange dauert das denn noch? Wird doch alles kalt.«

In der Küche war es warm, eng und dunstig. Charlotte hatte den Tisch zwar ausgezogen, zu siebt war es aber eigentlich zu eng. Christine holte tief Luft und quetschte sich auf die Eckbank neben ihren Vater.

»Wie viele Engel habt ihr umgebracht?« Er sah sie nur kurz an, bevor er sich Hühnersuppe auf den Teller füllte.

»Zwei.« Christine hielt ihm ihren Teller hin, den er ignorierte. Stattdessen schob er die Schüssel in Georgs Richtung. »Hier, Junge, hat Mama extra für dich gekocht. Mit Huhn und Nudeln.«

»Danke.« Georg füllte auf. »Übrigens hängen noch zehn Engel an der Kordel. Fällt gar nicht auf, dass zwei fehlen. Tante Inge, gib mir mal deinen Teller.«

Christine stellte ihren wieder ab. »Wann kommen Pia und Björn denn?«

»Jeden Moment.« Inge lächelte Georg an, der die Suppe zu Ines schob. Walter hatte schon den zweiten Teller, Christine immer noch nichts.

Die Schlüssel wanderte von Ines zu Charlotte, die sie auf die Spüle stellte.

»Das ist sonst so voll auf dem Tisch. Christine, willst du nicht?«

»Doch, ich ...«

»Fröhliche Weihnachten! Meine Güte, ist das hier warm.« Pia brachte kalte Luft mit in die Küche. Sie stand mit Mütze und Jacke in der Tür und riss sofort an ihrem Schal. »Hallo ihr alle, schön euch zu sehen.«

»Willst du Suppe?« Inge hatte sich zu ihr umgedreht. »Dann musst du dir einen Teller nehmen. Kannst im Stehen essen, oder?«

»Björn kommt auch gleich. Das riecht super, Tante Charlotte.«

In Windeseile hatte sie ihren Mantel ausgezogen und einen vollen Teller in der Hand. An die Spüle gelehnt fing sie an zu löffeln.

Christine nahm ihren leeren Teller wieder in die Hand. »Pia, bist du so gut und füllst –«

»Ihr esst ja schon.« Björn hatte die Tür so schwungvoll aufgestoßen, dass Onkel Walter sie ins Kreuz bekam.

»Ich glaube nach wie vor nicht, dass du wirklich mein Sohn bist.« Walter drehte sich langsam zu Björn um. »Du bewegst dich wie ein Bagger. Von mir hast du das nicht.«

»Ich wünsche dir auch frohe Weihnachten, Papa.« Björn schlug Walter unverdrossen auf die Schulter. »Na, Mädels, Onkels, Tanten, Georg, wieder ein Jahr rum, was? Und wieder das ganze Spektakel von vorn. Da sind ja gar keine Fleischklößchen in der Suppe. Du lässt nach, Tante Charlotte.«

Christine hielt immer noch ihren leeren Teller in Pias Richtung, die das weiterhin ignorierte. Björn hingegen griff zu und drehte sich zur Spüle. »Danke. Riecht aber trotzdem gut.«

Neben seine Schwester gelehnt fing er an zu essen. »Schmeckt auch.«

Christine stützte ihr Kinn auf die Hand. »Eigentlich wollte ich –«

»Ich habe die Fleischklößchen vergessen.« Kopfschüttelnd sah Charlotte Inge an. »Hack ist in der Truhe. Ich habe es total vergessen.«

»Solange du noch weißt, was du mit dem Hack machen sollst, ist das ungefährlich.« Heinz wischte sich den Mund ab und lächelte seine Frau an. »Wenn dir nicht mehr einfällt, was das ist, dann geben wir dich weg. So,

Christine, steh mal auf. Wir sind ja fertig, dann können Pia und Björn auch im Sitzen essen.«

»Aber ich …« Christine hatte keine Chance, Heinz schob sie rigoros von der Bank.

»Außerdem kannst du mal auf den Boden gehen und den Tannenbaumständer holen. Ich weiß immer nicht, wo Mama den versteckt hat.«

»Woher soll Christine das denn wissen?« Jetzt endlich fiel Georg auch mal ein, seiner Schwester zur Seite zu springen.

»In der weißen Kommode, oben rechts. Aber die Suppe geht doch auch mal ohne Fleischklößchen, oder?« Charlotte konnte ihr Versagen immer noch nicht fassen.

»Hast du gehört, Christine?« Heinz hielt ihr mit charmantem Lächeln die Tür auf. »Das ist hier auch viel zu warm, da ist man doch froh, an die Luft zu kommen. Weiße Kommode, oben links.«

»Oben rechts.« Ines, Pia und Georg korrigierten im Chor.

Christine ging.

»So, Kinder«, begannen Heinz und Walter wie jedes Jahr zu diesem Zeitpunkt ihren Spruch. »Und damit ihr den Tannenbaum nicht zu früh seht, ab auf eure Zimmer.«

Aber seit Jahren gingen »die Kinder« nicht mehr zum Spielen und Streiten in die Kinderzimmer, sondern zum Biertrinken zum Hafen. Die Eltern kommentierten das nicht weiter; sie hatten sowieso genug zu tun. Björn, Pia, Ines, Georg und Christine atmeten tief durch und machten sich auf den Weg Richtung Hafen.

In der Kneipe holte Björn die erste Runde Bier. Alle tranken schweigend. Pia stellte ihr halbleeres Bier mit Schwung auf den Tisch und wischte sich mit der Hand den Mund ab. »So«, sagte sie, »müssen wir noch irgendetwas besprechen oder ziehen wir alles durch wie immer?«

»Was sollen wir sonst tun?« Ines zuckte ratlos mit den Schultern und sah sich um. »Hier ist überhaupt nichts los. Wo sind die anderen gezwungenen Inselkinder? Sind wir zu früh?«

Pia folgte ihren Blicken. »Vielleicht haben die anderen sich einfach mal getraut, an Weihnachten etwas anderes zu machen. Nur wir trauen uns nicht.«

»Was wolltest du denn machen?« Björn sah seine Schwester erstaunt an. »Du bist die Jüngste von uns, Mama und Papa drehen durch, wenn du an den Feiertagen allein zu Hause sitzt.«

»Ich will nicht allein zu Hause sitzen, Björni, ich habe mich verliebt. Er heißt Malte, er ist super, er findet mich toll, aber ich kann doch keine Beziehung mit unserem Familienweihnachten anfangen. So schnell, wie ich dann wieder Single bin, kann ich gar nicht gucken.«

»Du stellst es schlimmer dar, als es ist.« Georg schwenkte den Rest Bier in seinem Glas. »Sie sind alle etwas anstrengend, aber sie meinen es ja gut. Dieses andauernde Essen ist vielleicht ein Problem.«

»Charlotte hat ja schon mal die Fleischklößchen vergessen.« Björn grinste. »Vielleicht gibt es Hoffnung.«

»Vergiss es.« Ines winkte ab. »Ich habe in den Kühlschrank geguckt. Es gibt Massen zu essen. Mir wird schon bei dem Gedanken schlecht. Sag mal, Christine, was ist eigentlich mit dir los? Du bist doch sonst die Verteidigerin der Weihnachtsrituale. Warum bist du so still?«

Christine spürte die Blicke der anderen auf sich und ihren Magen knurren. »Ich will nicht darüber reden. Ich kaufe mir jetzt ein Fischbrötchen. Brathering. Und ihr habt mich beim Essen vergessen.«

Am nächsten Morgen war Christines erster Gedanke: *Es ist Heiligabend.*

Der zweite Gedanke war: *Mein Kopf.*

Dann hörte sie den Staubsauger. Wie jedes Jahr das erste Geräusch am Weihnachtsmorgen. Charlotte saugte die ersten Nadeln weg, die der Tannenbaum nach der ersten warmen Nacht im überheizten Wohnzimmer von sich geworfen hatte. Charlotte hasste Tannennadeln auf dem Teppichboden. Sie lief immer barfuß.

Christine hörte ein Klirren, danach einen Fluch. Es war aus dem Flur gekommen. Georg und die Engel. Ihr Bruder war der einzige, der nicht aufrecht unter der Dekoration durchlaufen konnte. Vermutlich hatte er das in seinem Zustand gestern Abend vergessen.

Christine warf einen Blick auf den Wecker, stöhnte und zog die Decke übers Gesicht. Es würde nicht mehr lange dauern. Langsam begann sie zu zählen. Bei neun wurde die Tür aufgerissen. »Frühstück. Frohe Weihnachten.«

Heinz knallte die Tür wieder zu und brüllte zwei Sekunden denselben Text ins Nachbarzimmer. Christine setzte sich auf und hielt ihren Kopf. Sie hörte Ines über den Flur tappen, dann einen Fluch. »Aua, Mensch! Überall steht hier etwas herum.«

»Guck doch hin, wo du läufst.« Charlotte hatte den Staubsauger abgestellt. »Das war meine Weihnachtsente. Jetzt ist der Kopf ab. Guck mal, wie die aussieht.«

Als Christine die Tür öffnete, bot sich ihr ein chaotisches Bild. Der Staubsauger lag mitten im Flur, Ines hockte auf dem Boden, hielt mit einer Hand ihren Fuß und mit der anderen den goldenen Kopf einer Porzellanente umklammert. Charlotte reckte den Entenrumpf anklagend hoch und hinter ihr stand Heinz, der ungeduldig mit den Händen fuchtelte. »Frühstück. Es ist nach neun. Wenn ihr nicht bald kommt, wird es immer später und wieder eine Mordshetze.«

»Ich blute.« Ines sah wütend hoch. »Das sind keine Weihnachtsdekorationen, das sind Waffen. Georg, pass auf.« Sie drehte den Kopf, als sie ihren Bruder die Treppe hinunterkommen hörte. »Hier sind überall Scherben.«

»Engel?«

»Ente.«

»Frühstück, Georg, jetzt komm *du* wenigstens. Ich fange nämlich an.«

Heinz ging entschlossen in die Küche, unter seinen Füßen knirschte es.

Das Frühstück wurde zügig absolviert. Christine wartete immer noch auf ihren Toast, als Georg bereits seinen Teller beiseite stellte und verkündete, dass er nach Westerland wollte. Er bräuchte noch Weihnachtsgeschenke. Ines schloss sich ihm sofort an. Als Christine den Mund öffnete, kam ihre Mutter ihr zuvor.

»Also, wenn ihr alle fahrt, dann muss Christine wieder alleine Kartoffeln für den Salat pellen. Ich muss den Baum schmücken.«

»Wieso müsst ihr überhaupt an Heiligabend Geschenke kaufen?«, fragte Christine. »Das fällt euch ja früh ein. Ich habe schon alles.«

»Eben.« Ines stand lächelnd auf. »Deshalb musst du Kartoffelsalat machen und wir gehen shoppen. Bis später.«

Bevor Christine protestieren konnte, waren die beiden weg.

»Was brauchst du denn noch?«, fragte Georg, als er später auf dem Parkplatz der Kapitän-Christiansen-Straße das Auto abschloss. Ines hob die Schultern. »Keine Ahnung. Ein Buch für Christine? Oder was anders? Mal sehen. Um ehrlich zu sein, hatte ich einfach nur keine Lust, Kartoffelsalat zu machen. Mir wird morgens vom Geruch von Zwiebeln und Gewürzgurken schlecht. Und Mama schiebt auch gleich noch den Braten für morgen in den Ofen. Das ist doch widerlich, diese ganze Fresserei.«

»Ach, komm.« Ihr Bruder steckte den Autoschlüssel in die Jeanstasche und sah sie an. »Es ist doch eigentlich ganz nett. Sie geben sich für uns eben Mühe. Und gestern Abend war es lustig mit Pia und Björn. Die würden wir sonst auch nicht sehen.«

»Ich könnte jetzt in einer dänischen Küche mit Leuten in meinem Alter sitzen, Kaffee trinken, alberne Dinge sagen und –«

»Alberne Dinge sagst du hier auch«, unterbrach sie Georg. »Und von Papas und Walters Albernheiten wollen wir gar nicht anfangen. Und außerdem ist übermorgen schon wieder alles vorbei. Christine hat recht, sie wären alle enttäuscht, wenn wir nicht mehr zusammen Weihnachten feiern würden. Also, vergiss Dänemark und mach hier mit. Und jetzt kaufen wir Christine eine Kleinigkeit, weil sie schon wieder allein Kartoffelsalat machen muss.«

Christines Fingerkuppen waren schon ganz schrumpelig. Dabei war noch nicht einmal die Hälfte der gekochten Kartoffeln gepellt. Charlotte hatte Kartoffeln gekocht, als müsste sie das halbe Dorf versorgen. Um 14 Uhr war hier der offizielle Würstchen-und-Kartoffelsalat-Termin. Walter, Inge, Björn und Pia kamen vorbei, aßen zusammen, und danach machte jede Familie für sich Bescherung. Später traf man sich dann in der Kirche wieder. Jedes Jahr.

»Weihnachten ist, wenn Christine für hundert Leute Kartoffeln pellt.« Pia stand plötzlich hinter ihr. »Guten Morgen.«

»Oh«, Christine fuhr herum, »ich habe dich gar nicht gehört.«

»Konntest du auch nicht.« Pia zog ihre Jacke aus und ließ sie auf die Bank fallen. »Tante Charlotte hört Weihnachtsmusik auf voller Lautstärke und hat sich im Wohnzimmer eingeschlossen. Dafür steckt euer Hausschlüssel von außen und sonst ist niemand zu sehen. Ich hätte euch die ganze Hütte ausräumen können.«

Pia zog eine Schublade auf und nahm ein Messer raus. »Rutsch ein Stück zur Seite, sonst komme ich nicht an den Topf.«

»Christine?« Charlotte riss die Küchentür auf. »Sag mal – ach, Pia, du bist auch da –, muss die Jacke da rumliegen? Wir haben doch eine Garderobe. Christine, guckst du auf die Uhr? In einer Stunde kommen alle zum Essen und du hast noch nicht geduscht.«

»Wir sind fertig«, Pia zeigte auf drei Schüsseln Kartoffelsalat. »Fröhliche Weihnachten, Tante Charlotte. Hängt alles am Baum?«

»Ja.« Charlotte guckte Christine über die Schulter. »Mach da noch ein bisschen Petersilie drauf, fürs Auge. Der Baum ist geschmückt, ab jetzt darf keiner mehr ins Wohnzimmer, hört ihr?! Hat der Braten schon geklingelt?«

»Nein, Mama, aber die Uhr vom Backofen.« Christine trocknete ihre Hände ab und warf Pia einen kurzen Blick zu. »Ich habe den Ofen ausgestellt.«

»Fein.« Charlotte lächelte. »Dann geh duschen. Pia, du könntest schon mal den Tisch decken. Sind Georg und Ines noch nicht wieder da?«

»Die sind auf dem Autozug. Inselkoller. Sind schon auf dem Weg nach Hause. Weihnachten fällt aus.«

»Das wär's.« Charlotte sah Pia an. »Statt blöder Witze zu machen, fang lieber an. Tischdecken habe ich schon hingelegt.«

Um Punkt 14 Uhr saßen tatsächlich alle am Tisch. Noch im Stehen hatte Christine sich unter mehreren tadelnden Blicken Kartoffelsalat und zwei Würstchen auf den Teller gefüllt. Sie umfasste ihn mit beiden Händen und setzte sich. Tante Inge schüttelte den Kopf.

»Das sind doch keine Tischmanieren. Als wenn du sonst nichts kriegst.«

Christine fing schweigend an zu essen.

Mit einem strengen Blick auf seine Tochter hob Heinz sein Bierglas und sagte: »Ja, dann mal auf Weihnachten und darauf, dass wir alle wieder zusammen sind.«

»Kannst du wohl laut sagen.« Walter stieß mit ihm an: »Ich sag es aber gleich, ich muss nach dem Essen hier sofort auf die Couch und Mittagschlaf machen. Sonst überlebe ich die Kirche nachher nicht.«

»Wovon bist du denn müde?« Charlotte quetschte die Senftube aus, mit einem schmatzenden Geräusch spritzte der Senf auf die Tischdecke. »Pia, hol mal einen Lappen. Schnell. Und, Walter?«

Björn stöhnte leise, Christine fiel jetzt erst auf, dass er noch gar nichts gesagt hatte. Walter hieb ihm auf die Schulter, bis er blass wurde.

»Mein Sohn hat eine Flasche Whiskey von der Firma gekriegt. Ein dolles Zeug, sage ich dir. Aber Björni mochte den am Anfang nicht. Konnte ich gar nicht begreifen.«

»Er hat eingeschenkt, bis ich mich daran gewöhnt hatte.« Angewidert schob Björn den Teller mit den Würstchen ans Ende des Tisches. »Müsst ihr denn alles vor mir abstellen? Ich kann das noch nicht mal riechen.«

»Du hast nach dem Glühwein noch Whiskey getrunken?« Ines hob bewundernd den Kopf. »Respekt. Ich wäre tot.«

»War Björn auch«, sagte Tante Inge und nahm sich ein drittes Würstchen. »Er hat die halbe Nacht gekotzt.«

»Mama.« Pia hasste Indiskretion. »So viel Details will hier keiner wissen.«

Björn sah seine Schwester leidend, aber dankbar an. Onkel Walter wandte sich an seinen Schwager: »Heinz, stell dir vor, uralter schottischer Whiskey und mein Herr Sohn schlägt vor, den mit Cola zu mischen. Hältst du doch im Kopf nicht aus.«

»Ich mag keinen Whiskey.« Heinz tunkte sein Würstchen in etwas Senf auf der Tischdecke. »Cola aber auch nicht. Da wäre mir auch übel. Pia, hier ist noch Senf.«

Georg sah Björn mitfühlend an. Dessen Gesichtsfarbe wandelte sich langsam ins Grünliche. »Warum hast du dich nicht noch mal hingelegt?«

»An Weihnachten.« Tante Inge schüttelte den Kopf. »Wir essen immer zusammen Würstchen. Wer trinken kann, kann auch aufstehen.«

Björn reichte es offenbar, denn er stand mit leidender Miene auf und verließ mit den Worten: »Ich gehe jetzt ins Bett«, kurzerhand die Runde.

»Papa, das ist für dich.« Christine hielt ihrem Vater das in Gold und Rot eingewickelte Geschenk entgegen und wischte sich dezent den Schweiß von der Stirn. Es war affenheiß im Wohnzimmer, die Heizung stand auf fünf, und es brannten gefühlt mindestens fünfzig Kerzen. Der Weihnachtsbaum allerdings hatte elektrische Lichter, vermutlich damit man ihn bis Mitte Januar immer mal wieder anknipsen konnte.

»Frohe Weihnachten.«

»Danke, Kind.« Heinz streckte seine Hand aus, Christine stand auf und reichte ihm das Paket entgegen. Er lächelte. Dann knotete er umständlich die Schleife auf, knibbelte das Klebeband ab und schob das Papier auseinander. »Ein blauer Pullover.« Er war gerührt. »Dass du gesehen hast, dass mein alter nicht mehr schön ist …, also, danke, Christine, sehr schön. Wieso guckst du so, Georg?«

»Nichts, Papa. Christine, für dich.«

Sie bekam von ihrem Bruder jedes Jahr eine Zehnerkarte für die Sauna. Im Gegenzug bekam er die auch von ihr. Dafür mussten sie sich nur demonstrativ freuen. Schließlich war Weihnachten.

»Danke, Georg.« Christine ließ ihre Stimme rau werden. »Ich danke dir so sehr.«

»Geschenkt.« Georg nickte zufrieden.

Heinz rutschte auf dem Ledersofa unruhig hin und her. Mit einem Blick auf die Uhr sagte er: »Ihr habt im Blick, dass wir gleich zur Kirche wollen, oder? Guck mal, Charlotte, das ist für dich.«

»Nein, für Christine.« Charlotte hatte sich nur kurz vorgebeugt und sich dann wieder zurückgelehnt.

»Da steht aber Mama drauf. Aber hier ist dasselbe Päckchen noch mal. Stimmt, für Christine. Genau gleich verpackt.«

Mutter und Tochter packten gleichzeitig aus: dieselbe Körperlotion, dieselbe Verpackung. Beide lächelten. Heinz schüttelte den Kopf. »Da bin ich ja gespannt, ob ihr beide auch dasselbe bezahlt habt. Ich glaube, hier auf Sylt ist das teurer. Sei's drum. Ach, ist das auch für mich?«

Dieses Mal wurde nicht geknibbelt, sondern gerissen. »Ein blauer Pullover. Von wem …? Georg? Ja, danke. Also, ich kann zwei wirklich gut gebrauchen, einer muss ja auch mal in die Wäsche, danke.«

Während Ines ihre Zehnerkarte von Christine auspackte und Georg das Rasierwasser von Charlotte, fand Heinz noch einen Umschlag unter dem Baum.

»Der ist für mich und bestimmt von Ines. Weißt du, dass ich jetzt schon 31 Gutscheine von dir habe? Vom Hamam bis zum arabischen Essen – alles dabei. Ich habe sie in ein Album geklebt. Was ist das denn heute? Aha, Gutschein für …«, seine Stimme wurde leiser, »… einen blauen Pullover. Ähm, danke, Kind, ich trag ja auch keine anderen Farben, sehr schön. So, dann haben wir's, oder? Dann räumen wir mal schnell das Geschenkpapier weg und dann müssen wir auch los. Da piept irgendetwas.«

»Das ist mein Handy.« Georg sprang auf. »Bestimmt Nina, die frohe Weihnachten wünschen will.«

»Schöne Grüße«, Charlotte rollte das gebrauchte Schleifenband auf.

Mit dem Telefon in der Hand und gerunzelter Stirn kam Georg Sekunden später wieder zurück. »War eine SMS. Von Sebastian. Irgendeine Katastrophe im Sender. Ich rufe ihn eben an.«

Er ging wieder. Gegen den Tölzer Kinderchor, der sich im Fernsehen lauthals in den Weihnachtshimmel sang, kam er nicht an.

»Mach doch mal den Fernseher leiser, Papa.« Ines hatte zwar schon das zweite Glas Rotwein getrunken und deshalb ein paar Strophen mitgesungen, wollte aber auch mitkriegen, was es für Katastrophen gab.

»Dann höre ich nichts.« Heinz wippte im Takt. »Ihr raschelt so laut mit dem Papier.«

»Aber kein Mensch kann bei dem Krach telefonieren.«

»Das ist kein Krach, das ist Musik. Und

Georg ist ja schon fertig. Und, Junge, was war?«

Mit dem Telefon in der Hand ließ Georg sich auf die Armlehne von Christines Sessel sinken. »Das war Sebastian. Bei uns in der Kantine war irgendein Fisch schlecht. Fünf Redakteure haben eine Lebensmittelvergiftung und morgen Abend ist wieder Sendung. Ich muss arbeiten. Es hilft nichts. Morgen Mittag muss ich los. Das tut mir leid.«

»Tja.« Charlotte blickte ihre Töchter und ihren Mann fragend an. Christine hob die Schultern. Ines meldete sich als Erste zu Wort: »Das hilft ja nichts. Willst du mit der Bahn fahren oder soll ich –«

Bevor sie weitersprechen konnte, stand Heinz auf und stemmte die Hände in die Hüften. »Mit der Bahn, an Weihnachten? Überfüllte Züge, ausgefallene Heizungen, Verspätung – das ganze Elend. Das hält man doch nicht aus. Nein, nein, ihr seid Geschwister, ihr müsst zusammenhalten. Ihr seid gemeinsam hergefahren, ihr fahrt auch gemeinsam zurück. Christine, Ines, das seid ihr eurem Bruder schuldig.«

»Ja, aber«, Christine merkte selbst, dass sie stammelte, sie wollte jetzt nichts Falsches sagen, hatte schon Angst vor Charlottes Tränen der Enttäuschung. »… aber wir sind doch morgen noch alle bei Tante Inge und Onkel Walter eingeladen und wir müssen noch zu allen Nachbarn.«

»Papperlapapp«, wischte Charlotte die gutgemeinten Einwände weg. »Der Beruf ist ja wohl wichtiger, als mit der Familie Kaffee zu trinken. Papa hat ganz recht. Zu Inge gehen wir eben allein, es sind ja immer noch genug Leute da und den Rest von den Torten frieren wir ein. Und den Nachbarn richten wir Grüße aus. Das geht alles schon.«

Ines verschränkte die Arme vor der Brust und grinste. Christine sah sie warnend an. In der Zwischenzeit war Heinz aus dem Zimmer geschossen und kam jetzt mit einem Fahrplan zurück. »Hier, um 13.05 fährt ein Autozug. Schaffst du das, Georg, oder lieber einen früher?«

»Das reicht.« Georg sah in die Runde. »Mama, ist das schlimm für dich? Dass Weihnachten jetzt so kurz war?«

Charlotte biss sich auf die Unterlippe, wartete einen Moment, warf einen kurzen Blick auf ihren Mann und sagte: »Wenn wir um halb zwölf Mittag essen, kommt ihr rechtzeitig los. Der Braten ist fertig, der muss nur noch ganz kurz in den Ofen.«

»Die Kirche.« Ines sprang auf. »In zehn Minuten müssen wir da sein.«

»Ach, nein.« Heinz faltete tapfer die Hände vor dem Bauch. »Wenn ihr morgen so früh losfahrt, sollten wir jetzt alle ins Bett gehen. Das wird ja ein anstrengender Tag für Georg. Also, Kinder, Zähneputzen und ab. Um halb acht gibt es Frühstück, sonst wird das eng bis zum Mittag.«

Am ersten Weihnachtsfeiertag wurde pünktlich nach dem Mittagessen Abschied genommen. Sie winkten alle drei so lange, bis sie Heinz und Charlotte an der Haustür nicht mehr sehen konnten. Erst an der Kreuzung drehten sie sich um.

»Yes.« Ines reckte die Arme hoch und lachte. »Das ist das erste Weihnachten, bei dem ich keine vier Kilo zunehme und keinen Familienkoller kriege. Georg, hast du den Fisch in der Kantine vergiftet? Sei ehrlich.«

»Ich hoffe, sie sind nicht zu geknickt.« Christine fühlte sich schlecht, weil sie so erleichtert war. »Jetzt sind sie allein.«

»Komm, Christine. Wir waren da, sie haben ihre Geschenke und keiner kann was dafür, dass ich arbeiten muss. Und jetzt haben wir wieder ein Jahr Ruhe. Und sie waren ja auch nicht sauer.«

»Hoffentlich.« Christine setzte den Blinker und bog auf die Hauptstraße nach Westerland ein. »Herrlich. Heute Abend ist übrigens Weihnachtsparty bei Luise. Da kann ich endlich mal hin. Das wollte ich so lange schon. Dreh bitte mal am Radio, ich will keine Weihnachtsmusik mehr hören.«

An der Autoverladung standen nur wenige Reisende, Christine stellte den Motor ab und sah auf die Uhr. »Viel zu früh. Das war wohl der Fluchttrieb. Was suchst du eigentlich?«

Georg hatte seine Jackentaschen durchsucht und fing an, hektisch unter dem Sitz zu fingern. »Ich glaube, ich habe mein Handy liegen gelassen. Auf dem Küchentisch. Mist. Ines, ruf doch mal Mama an und frag, ob es da liegt.«

Während seine Schwester wählte, stieg er aus und durchwühlte seine Reisetasche.

»Es nimmt keiner ab. Sie sind wohl schon bei Inge.«

»So schnell?« Georg runzelte die Stirn.

»Na ja, ich muss zurück und das Handy holen. Geht nicht anders.«

»Ich komm nicht mit.« Ines hatte schon die Tür geöffnet. »Auf gar keinen Fall. Nachher hat Papa es sich anders überlegt und wir müssen doch bleiben. Fahr du mal allein, ist ja wegen deiner Schusseligkeit. Christine und ich warten hier und trinken Kaffee im Kiosk. Aber beeil dich. Wir müssen den Zug schaffen.«

Drei Minuten vor der Abfahrt kam Georg wieder angerauscht, seine Schwestern sprangen ins Auto und sie wurden als letzter Wagen durchgewunken.

»Hast du das Handy gefunden?«

Georg nickte stumm, lenkte das Auto auf den Zug, stellte umständlich den Motor ab und lehnte den Kopf an den Sitz. Verwundert sahen Christine und Ines ihn an. Er hielt die Augen geschlossen.

»Was ist los?« Ines schüttelte ihn leicht an der Schulter. »Mama in Tränen? Papa beleidigt? Tante Inge sauer?«

Georg räusperte sich. Er drehte sich zu seinen Schwestern um und sagte tonlos: »Sie waren nicht bei Inge.«

»Sondern?«

»Ich bin ins Haus gegangen, habe aber niemanden gesehen. In der Küche stand noch das ganze Geschirr vom Mittagessen. Kein Handy zu sehen, also bin ich ins Wohnzimmer.«

»Ja, und?«

»Da lag der ganze Weihnachtsbaumschmuck auf dem Tisch. Die ganze Dekoration, alle Engel, alle Enten, alle Weihnachtsmänner waren schon in Kartons verpackt und der Baum war weg. Ich habe dann über den Zaun in den Garten geguckt. Mama und Papa zogen den Baum gerade über den Rasen in die Kompostecke. Sie haben gelächelt.«

»Haben sie dich nicht gesehen?« Ines war völlig irritiert.

»Nein.«

Christine verstand es auch nicht. »Haben sie nichts gesagt?«

»Doch.« Georg kniff die Augen zusammen und betrachtete die Sylter Landschaft. »Sie haben den Baum in der Ecke fallen gelassen und sich die Hände an den Hosen abgewischt. Und dann sagte Papa laut und deutlich: ›Es muss doch irgendwann mal ein Ende haben. Die Kinder sind doch groß. Wie lange müssen Eltern denn dieses Theater machen? Sie kommen jedes Jahr wieder, Charlotte, so wird das nie was mit dem Dezember auf Mallorca!‹«

»Wie bitte?« Christine und Ines waren sprachlos.

»Mama hat wieder gelächelt und gesagt, dass sie im Januar gleich für das nächste Weihnachten buchen wird. ›Es wird ein Schock für die Kinder, aber da müssen sie durch‹, hat sie gemeint. ›Ostern werde ich ihnen meine gesamte Weihnachtsdekoration schenken. Dann können sie damit machen, was sie wollen. Hier kommt jedenfalls kein einziger Engel mehr an die Decke. Basta. Und jetzt komm, Heinz, ich habe eine kleine Flasche Schampus. Die trinken wir jetzt. Auf Mallorca!‹«

Alex Capus

Wollene Unterhosen

Wollene Unterhosen. Meine ganze Kindheit war wollene Unterhosen. Koste ich das Gefühl, das mich in diesen gottverdammt verklemmten Sechzigerjahren beherrschte, so fällt mir nichts anderes ein als die wollenen Unterhosen, die meine Mutter mir gestrickt und aufgezwungen hat. Ich schämte mich zu Tode: Ich war der Einzige in der ganzen Klasse, der im Winter wollene Unterhosen trug; wollene Unterhosen waren Mädchensache, und wenn schon, hätten sie ganz bestimmt nicht blau-weiß gestreift sein dürfen. Welche Schmach, welche Schande, diese vor der Turnstunde in der Garderobe herzeigen zu müssen! Selbst heute noch, fast dreißig Jahre später, verkrampfen sich mir die Gedärme bei der bloßen Erinnerung.

Wenn ich die Augen schließe, sitze ich sofort wieder mit wollenen Unterhosen in der Garderobe neben der Turnhalle T2. Dann rieche ich den Mief, mit dem Generationen von

Schülern das Holz der Sitzbänke imprägniert hatten, ich höre das Geschrei meiner Kumpels, ich fühle den salzigen Geschmack der metallenen Kleiderhaken, die ich zuweilen – warum nur? – heimlich ableckte, und ich sehe die anderen Buben vor mir aufgereiht. Sie tragen lange Unterhosen, warten auf den Lehrer und schauen mit großen Augen in die unendliche Zukunft, die sie noch zu durchwaten haben. »Ich trage wollene Unterhosen, Jungs«, rufe ich meinen Kameraden über dreißig Jahre hinweg zu, und es hallt ein wenig wie in einem Kanalisationsschacht. »Ich trage wollene Unterhosen und schäme mich schrecklich dafür – und ihr, Kumpels? Wie fühlt es sich für euch so an, sieben Jahre alt zu sein in diesem verklemmten Jahr 1968?«

Ich rufe meinen alten Jugendfreund Wolfgang in den Zeugenstand: Was ist für dich die Kindheit in den Sechzigerjahren, Kumpel? Ein silberner Stiftzahn, ich weiß. Oberer Schneidezahn links, in der künstlichen Silberversion eingesetzt, nachdem du das Original beim Sturz vom Klettergerüst hinter unserem Wohnblock verloren hattest. Ich habe dich immer beneidet um deinen Silberzahn, weißt du das, Wolfgang? In deinem Gesicht hatte das Leben schon Spuren hinterlassen; der Silberzahn war ein guter Anfang, um Rennfahrer oder Astronaut oder so was zu werden. Wie langweilig war dagegen das Weiß meiner eigenen Zähne, die mir viel zu groß und breitlückig aus dem Mund ragten.

Du warst ein Mann unter kleinen Jungs, Wolfgang; aber du hast ihn nicht gemocht, deinen Silberzahn. Du hast dich geschämt. Eine Kindheit lang bist du mit hart über die Zähne gezogener Oberlippe umhergerannt, und nur ganz selten blitzte das Metall in deinem Mund auf, wenn du laut lachen musstest oder Luft holtest nach dem Tauchen im Fluss. Jetzt kannst du es mir doch sagen: Wie fühltest du dich damals, als Siebenjähriger vor dreißig Jahren?

Ich rufe Fredi in den Zeugenstand. Was ist für dich die Kindheit in den Sechzigerjahren? Eine Horde kreischend davonlaufender Mädchen, wir erinnern uns. Die Mädchen nahmen vor dir Reißaus, Fredi, und zwar ausnahmslos alle, und das eine ganze Kindheit und Jugend lang, Tag für Tag, Sommer und Winter, Jahr für Jahr. Was war geschehen? Du hattest dich verliebt in eine dieser drei oder vier Göttinnen, die es in unserer Klasse gab. Das allein war noch nicht ungewöhnlich; jeder von uns betete im Stillen zu einer Göttin, unter äußerster Geheimhaltung, wohlverstanden – denn nichts auf der Welt hätte in diesen gottverflucht verklemmten Sechzigerjahren einen Siebenjährigen dazu bewegen können, einem Mädchen seine Liebe zu gestehen, so tief und rein und schön diese auch sein mochte. Du aber warst anders, Fredi: Du gingst hin und küsstest Susi Fischer während der Pause mitten auf die Wange. Genau jene Susi übrigens – heute kann ich es dir ja sagen –, in die ich auch verliebt war.

Der Skandal war komplett. Deinetwegen und zur Rettung von Susis Unschuld fanden statt: ein Verhör der ganzen Schulklasse, Lehrerkonferenzen, Elternabende, eine Ansprache des Rektors an die Schülerschaft. Um deinen Ruf war es geschehen, erinnerst du dich, Fredi? Neun unendliche Schuljahre lang sind die Mädchen kreischend vor dir zurückgewichen, und wir Jungs vemieden es aus Sorge um unseren guten Ruf, allzu sehr mit dir befreundet zu sein. Du konntest auftauchen, wo du wolltest, im Hallenbad, im Wald, auf dem Spielplatz, immer warst du der Unhold vom Dienst mit nichts als dem einen im Kopf. Mit sechzehn Jahren hast du unsere kleine Stadt dann hinter dir gelassen; in Zürich wohnst du jetzt, nicht wahr, Fredi? Fredi? Kannst du mich hören dort draußen? Dann sag mir bitte: Wonach schmeckt deine Kindheit, wenn du sie auf der Zunge zergehen lässt?

Und jetzt Heinz. Ich rufe nach Heinz Stüdeli durch den Kanalisationsschacht der letzten dreißig Jahre. Wie war's für dich, Heinz? Wie war das damals, wenn man rote Haare hatte und etwas zu kurz und etwas zu dick geraten war? Nicht lustig war's, ich weiß. In den Sechzigerjahren gab es in den Schulen noch keine Türken, keine Jugoslawen und schon gar keine Neger, die wir hätten verachten können. Also wählten wir den Rothaarigen, und das warst du. Niemand wollte die Schulbank mit dir teilen, erinnerst du dich? Du saßest immer ganz zuhinterst links alleine in einer Bank, und nach der Schule, wenn wir anderen Jungs noch Fußball spielten auf dem Pausenplatz, liefst du schnell nach Hause. Und dabei mochten wir dich eigentlich; ich habe dir 1970 sogar mein altes Transistorradio geschenkt, weil ich zu Weihnachten ein neues bekommen hatte. Wir mochten dich eigentlich alle – nur zugegeben hätten wir das nie.

Verzeih mir, Heinz, aber gerechterweise muss ich auch das erwähnen: Du stankst erheblich. Deine weiße, sonnenempfindliche Haut verströmte den Geruch von ranziger Butter – einen süß-sauren Geruch, der mich gleichermaßen faszinierte und anekelte. Riechen alle Rothaarigen nach ranziger Butter oder ist das deine Spezialität? Noch heute weiß ich es nicht. Immer wieder strich ich ganz nahe an dir vorbei, während wir uns in der Garderobe umzogen. Ich näherte meine Nase so weit wie möglich deiner Haut – du hättest es nicht bemerken sollen. Hast du? Ich zog den Duft ein, der von deiner Haut ausging, erschauerte wohlig und flüchtete in meinen wollenen Unterhosen ans andere Ende der Garderobe. Derweil mochte Wolfgang mit der Zunge prüfend seinen Silberzahn abtasten, Fredi gebrochenen Herzens an Susi denken …

Und nun, da ich uns alle vier so sehe am Anfang des dreißig Jahre langen Kanalisationsschachtes, vier kleine Jungs, die sich für nichts und wieder nichts die Kindheit mit Scham vergiften: Was gäbe ich darum, wenn ich zurückwaten könnte im schmutzigen Fluss des Lebens, zurück bis in jene Knabengarderobe vor dreißig Jahren! Dann würde ich jeden Einzelnen von uns packen an den knochigen Schultern, ich würde uns reihum schütteln, mich und euch, Wolfgang, Fredi und Heinz, und ich würde uns zurufen: »Schämt euch doch nicht! Schämt euch doch nicht so!«

Aber die Strömung ist zu stark im Kanalisationsschacht. Wir sitzen auf unserem Floß, und das Wasser treibt uns immer weiter weg von der Knabengarderobe, in der vier kleine Jungs sich schämen. Und während die Garderobe sich langsam im Halbdunkel der Vergangenheit auflöst, betrachte ich die vier Männer auf dem Floß. – Was höre ich da? Sagt einer, ich übertreibe? Alles Kinderkram, längst vergessen, Gras und Schwamm drüber?

Also noch einmal von vorn. Ich rufe Heinz in den Zeugenstand! Sag uns, Heinz: Wie fühlst du dich, wenn du deine roten Haare schwarz nachfärben lässt? Was denkst du, während du im Fitnesscenter deine Bodybuilder-Muskeln stählst? Und du, Wolfgang: Warum lächelst du noch immer mit über die Zähne gezogener Oberlippe, obwohl du deinen Silberzahn gleich mit dem ersten Lehrlingslohn durch einen weißen ersetzen ließest? Und Fredi, mit Verlaub: Wie erklärst du dir deine dicke Goldkette über der behaarten Brust und die Rolex am Handgelenk? Sagt selbst, Kumpels: Alles längst vergessener Kinderkram? Muss ich euch wirklich noch gestehen, dass ich seit über zwanzig Jahren ausschließlich seidene Unterhosen trage und von wollenen Textilien jeglicher Art Hautausschläge bekomme?

Nein, Freunde: Es hat sich nichts verändert auf der langen Fahrt durch den Kanalisationsschacht. Und wenn uns das Leben nicht getrennt hätte und ich mit euch zusammensäße statt an dieser Schreibmaschine, dann würde ich uns alle schütteln an den fett gewordenen Schultern, und ich würde uns zurufen:

»Schämt euch doch nicht! Schämt euch doch nicht so!«

Martin Suter

Neues von Dings

»Erinnerst du dich an Dings, wie hieß er schon wieder?«

»Wer?«

»Du weißt schon: Er war früher bei Dings.«

»Der Selvag«

»Nein, das war ein anderer. Den meine ich nicht. Das war … ein Name mit A.«

»Der, an den ich mich erinnern soll?«

»Nein, der, der früher bei der – wie hieß sie schon wieder?«

»Wer?«

»Die Firma. Eben wusstest du es noch.«

»Die Selvag?«

»Genau. Selvag. Das war ein anderer. So ein Blonder.«

»Mehr ins Rotblonde?«

»Nein, das war … der hieß ähnlich wie eine Ortschaft. Schaffhausen oder Pfäffikon oder … was gibt es noch für Ortschaften?«

»Aber blond.«

»Willisau, Unterengstringen, Mettmenstetten, Muri, Neuenburg, Augst.«

»Ja, irgendwie so hieß der.«

»Der Blonde?«

»Der Rotblonde. Der Blonde hieß anders. Etwas mit A.«

»Ach, jetzt weiß ich, wen du meinst. Ziemliche Stirnglatze.«

»Aber blond.«

»Jaja, jaja, wart, ich hab's gleich.«

»Etwas mit A.«

»Fuhr einen Dings.«

»Zuerst. Später hatte er einen … den gleichen wie … wie hieß der, er trug immer diese Mischgewebe.«

»Die so glänzen?«

»Ja. Etwas mit Poly.«

»Scirocco.«

»Genau. Er fuhr einen Scirocco. Wie hieß er gleich?«

»Der mit der Stirnglatze?«

»Der auch. Beide fuhren einen Scirocco. Etwas mit A.«

»Althaus?«

»Althaus fuhr einen Dings, wie hießen diese Zweisitzer?«

»Alder? Anderegg? Anliker?«

»Ist ja egal. Den meine ich jedenfalls nicht.«

»Amann? Attenhofer? Arber?«

»So ähnlich.«

»Ähnlich wie Arber?«

»Wie Attenhofer.«

»Attenhauser? Attendorfer? Attenberger? Attenwiler?«

»Ist ja egal. Ich meine den anderen.«

»Den, der bei der Selvag war?«

»Das ist der gleiche.«

»Der Blonde. Der mit A. Der, den du nicht meinst.«

»Genau. Ich meine den, der früher bei der Dings war.«

»Die Turbinen machte?«

»Textilmaschinen.«

»Die machten beides.«

»Aber er war bei den Textilmaschinen. Im Marketing.«

»Verkauf.«

»War das nicht zusammen?«

»Später. Da war er schon nicht mehr dort. Wenn wir den gleichen meinen.«

»Ich meine den Dings. Der nachher groß herauskam bei … bevor sie fusioniert wurden, etwas mit Engineering, ist ja egal.«

»Ach, den meinst du. Ich meinte, du meinst den Dings, der sich dann selber wegrationalisiert hat, ist ja egal, fällt mir dann schon wieder ein. Du meinst nicht den, du meinst den Dings, alles klar. Und? Was ist mit ihm?«

»Mit wem?«

»Eben: mit Dings.«

»Mit Dings? Ist ja egal, fällt mir dann schon wieder ein.«

Annette Petersen

Familiendrama

Daniel sah kurz zur Seite. Was für eine wunderschöne Frau sie war! Die wippenden feuerroten Locken umrahmten ein hinreißend sommersprossiges, stupsnasiges Gesicht, das der liebe Gott, oder wer auch immer dafür zuständig war, nur gemacht hatte, damit er es zwischen seine Hände nehmen und liebkosen konnte. Romy! In den vergangenen Wochen hatte er befürchtet, dass sich ihre Liebe ein wenig abgekühlt hätte, aber sie hatte nur etwas Zeit gebraucht, um sich sicher zu sein. Tief im Innern hatte Daniel gewusst, dass sie beide den Rest ihres Lebens zusammen verbringen würden. Schon bei ihrer ersten Begegnung in dem Cafe in Blankenese, an der Elbe. Er war vertieft gewesen in den Anblick eines riesigen Containerschiffes, das majestätisch langsam vorbeidröhnte. *Ist der Platz noch frei?* Er würde ihn für sie halten bis in alle Ewigkeit, hatte er sofort geantwortet und seine Jacke von dem Teakholzstuhl genommen. Sie hatte ihn verblüfft angesehen – und losgelacht. Ein Lachen wie Musik. Daniel hatte vorher nie begriffen, was die Leute damit meinten, und fand es kitschig, wenn jemand so etwas sagte. Aber plötzlich spürte er, wie er zu ihrem Lachen mit dem Fuß wippte. *Nicht aufhören!*, hatte er gebeten, als sie sich beruhigt hatte. Danach hatte die wundervollste Zeit seines Lebens begonnen.

Nun waren sie tatsächlich auf dem Weg zu ihr nach Hause, weil sie ihn noch vor Weihnachten ihrer Familie vorstellen wollte. Es war fast zu schön, um wahr zu sein. Romy. Daniel seufzte.

»Was hast du?«

Er blinkte und setzte zum Überholen an, die Scheibenwischer quietschten vergeblich gegen die wirbelnden Schneeflocken an.

»Nichts. Bist du sicher, dass du das ganze Wochenende dableiben willst? Ich würde dich viel lieber nachher wieder mit zurück nach Hamburg nehmen.«

»Nein, ich fahre morgen mit dem Zug. Tante Rita hat Geburtstag, da muss ich mit hin. Wenn er auf einen Adventssonntag fällt, treffen sich dort immer alle. Sie ist Mamas Schwester. Die beiden hängen sehr aneinander.«

Daniel nickte ergeben. »Ich bin gespannt

auf deine Familie.« Er trat aufs Gaspedal, um schneller an dem Volvo neben ihm vorbeizukommen und wieder einscheren zu können. »Meinst du, sie mögen mich?«

»Bestimmt. Vor allem, wenn du Mamas Zimtsterne angemessen würdigst. Richte dich schon mal darauf ein, dass du eine ganze Tüte voll davon mit nach Hause nehmen wirst.«

Romy klappte die Sonnenblende herunter und zog einen Lippenstift aus der Handtasche. Sie muss sich gar nicht schminken, dachte er, während sie mit Sorgfalt ans Werk ging. Es gab nichts zu verbessern, sie war einfach schön. Romy starrte in den Spiegel, presste die Lippen zusammen und rieb sie aneinander. Nicht einmal dieses Grimassieren konnte sie entstellen, konstatierte er. Jede andere Frau sähe in dem Moment saublöd aus. Nicht Romy.

An einer Raststätte hielten sie, weil Romy zur Toilette musste. Daniel lehnte sich an die Fahrertür, klappte den Kragen seines Mantels hoch, rauchte eine Zigarette und wartete. Mittlerweile hatte es aufgehört zu schneien, und eine blasse Wintersonne kam hervor. Er blinzelte ihr zufrieden entgegen.

Als sie am späten Nachmittag ankamen,

dämmerte es schon. Es war ein dunkelrot geklinkertes Sechzigerjahrehaus. Gediegen bieder sah es aus, fand Daniel, fast ein bisschen edel mit den weißen Fensterläden. Hier und da bröckelten Teile des Mörtels ab. Dicht an der Regenrinne, wo kein Schnee lag, konnte man den grünlichen Belag auf den Dachziegeln erahnen. An einer mannshohen Kiefer neben dem Gartentor leuchteten elektrische Kerzen und ließen den frisch gefallenen Schnee auf den Zweigen glitzern. Der Garten war zugewachsen mit riesigen Kirschlorbeersträuchern und wirkte jetzt düster, trotz des Schnees. Im Sommer wuchsen in den Beeten sicher überall Blumen, deren Namen Daniel wahrscheinlich nicht kannte, mit Ausnahme vielleicht von Stiefmütterchen. Blumen! Verdammt, daran hatte er nicht gedacht. Er hatte keinen Strauß für seine künftige Schwiegermutter mitgebracht. Romy machte sich ja nichts aus Blumen, aber beim Antrittsbesuch waren sie unverzichtbar. Unverzichtbar! An der Raststätte hätte es bestimmt welche gegeben. Seine Hände krampften sich um das Lenkrad.

»Ich habe die Blumen vergessen!«

Romy verzog spöttisch den Mund. »Kein

Mensch bringt heutzutage der Mutter seiner Freundin noch Blumen mit. Komm jetzt!« Sie stiegen aus und gingen auf das Haus zu. Sieben hässliche und halsbrecherisch rutschige Waschbetonstufen führten zu der schweren hölzernen Haustür. Romy klingelte. Sie machte plötzlich einen aufgeregten Eindruck. Es ist ihr auch ernst, dachte er befriedigt. Sie starrte auf das Klingelschild und hielt den Atem an, dabei kaute sie auf der Unterlippe. »Hör mal«, sagte sie, »kann sein, dass Oma da ist. Seit Papas Tod ist sie ein bisschen ...« Sie wischte mit der Handfläche über ihre Stirn.

»Kein Problem.« Daniel strich ihr über die Wange.

»Und mein Bru ...« Die Haustür wurde geöffnet. Ein unrasierter Kerl in Lederjacke warf ihnen einen finsteren Blick zu. Seine schwarzen Haare klebten verstrubbelt und fettig am Kopf. Im Mundwinkel hing eine Zigarette.

»Hallo, Julian!«, rief Romy fröhlich, aber es klang unecht.

»Wer ist das denn?« Julian machte eine Kopfbewegung in Richtung Daniel.

»Hallo, ich bin Daniel Hoffmann!« Er reichte ihm die Hand und strahlte ihn an. Beides blieb unerwidert. Daniels Lächeln gefror. Eine stark geschminkte Frau Mitte vierzig mit langem schwarzem Haar kam dazu. »Willkommen, da seid ihr ja endlich!« Daniel wurde klar, von wem Romy ihr bezauberndes Lachen hatte. »Ich bin Romys Schwester.« Sie weidete sich einen Moment an Daniels überraschtem Gesicht. »Kleiner Scherz. Ich bin ihre Mutter – aber könnte man denken, oder?« Sie lachte etwas zu schrill auf und zog Daniel an Julian vorbei, der keinen Millimeter auswich.

Daniel atmete durch. »Freut mich, Frau Milbert. Ich bin Daniel Hoffmann.«

»Sie können Sabine zu mir sagen.«

Romy schob sich auch hinein. »Julian, also echt, du benimmst dich wieder ...«, zischte sie wütend ihrem Bruder zu. Daniel sah sich zu ihr um. Romys Mutter bugsierte ihn weiter durch den Flur, der mit weihnachtlichem Nippes vollgestellt und -gehängt war, wo immer eine waagerechte oder senkrechte Fläche dazu einlud.

Romy folgte den beiden eilig in die Küche und schmiegte sich an Daniel.

Ihre Mutter kicherte verlegen und nahm hastig eine Vase vom Küchentisch. Sie goss das darin befindliche Wasser in die Spüle und stellte sie in den Schrank. Romy presste die Lippen zusammen. Daniel wollte sterben.

»Romy, kannst du bitte mal im Wohnzimmer nach Oma schauen? Nicht, dass sie sich wieder selbst Kuchen nimmt. Ich setze noch eben Kaffee auf.«

»Ja, klar.«

Daniel sah ihr unentschlossen hinterher, doch Romy hatte schon die Tür zum Flur hinter sich geschlossen. »Kann ich Ihnen irgendwie helfen?«, fragte er, nur um etwas zu sagen.

Romys Mutter musterte ihn von oben bis unten, atmete heftig und kam auf einmal sehr nah an ihn heran. Erst jetzt fiel ihm auf, dass an ihrer Bluse ein oder zwei Köpfe zu viel geöffnet waren. »Ich fürchte, mir ist nicht zu helfen.« Ihre Stimme klang jetzt dunkel und rau. Sie leckte sich langsam über die Lippen. Daniel wurde flau im Magen, und er sah sehnsüchtig zur Tür. Eine Sekunde später kam Romy herein. Sie warf ihrer Mutter einen eisigen Blick zu. Die hob beschwichtigend die Hände und machte sich an der Kaffeemaschine zu schaffen. Romy nahm einen Tortenheber aus der Schublade. Sie zog Daniel in den Flur.

»Romy«, flüsterte er, »du denkst hoffentlich nicht …«

Sie unterbrach ihn mit einer wegwerfenden Geste. »Sie war schon immer so. Was glaubst du, was mein Vater durchgemacht hat.« Ihr Blick ging nachdenklich in die Ferne. »Gut, dass er das alles nicht mehr erleben muss. Komm mit ins Wohnzimmer.« Daniel atmete auf. Das Wohnzimmer war ebenso in weihnachtliche Deko getaucht wie der Flur. Im Fenster blinkte ein elektrisch beleuchteter Stern nervös in Weiß, Rot und Grün. Auf der festlich gedeckten Kaffeetafel stand eine gewaltige Sahnetorte, eingerahmt von Schalen mit diversen duftenden Plätzchen, darunter die angekündigten Zimtsterne. Am Tisch saß eine kleine weißhaarige Frau und strickte. Sie lächelte freundlich und legte einen halb fertigen Socken zur Seite, als sie ihn sah. »Guten Tag! Sie müssen Daniel sein. Setzen Sie sich!« Daniel schüttelte vorsichtig die zerbrechlich wirkende Hand und nahm Platz.

»Möchten Sie ein Stück Torte?«

»Oma, nein! Lass uns warten, bis Mama kommt.« Romy sah ihre Großmutter beschwörend an.

»Warum denn? Ich kann doch schon mal auftun. Daniel möchte bestimmt ein Stück essen, oder?«

»Ich nehme gern eins, aber …«

»Siehst du!« Sie sah ihre Enkelin triumphierend an. Romy verdrehte die Augen. Die Frau griff eines der Sahnetortenstücke mit der Hand und ließ die matschige Ruine auf Daniels Teller fallen. Dann leckte sie hingebungsvoll ihre Finger ab. »Oh«, rief sie. »Das gehört noch dazu.« Sie fingerte nach einer heruntergefallenen Cocktailkirsche auf der Tortenplatte und drückte sie tief in die traurigen Reste von Daniels Kuchenstück. Daniel erstarrte und senkte den Blick fassungslos auf seinen verwüsteten Teller.

Sachte legte Romy ihre Hand auf seinen Arm und flüsterte ihm zu: »Es tut mir leid. Du musst es jetzt essen, sonst kriegt sie einen Schreikrampf, und es dauert ewig, bis sie sich beruhigt.« Daniel griff zögernd nach der Gabel und teilte etwas Matsch ab. In diesem Moment ging die Tür auf. Julian schlurfte herein, ihm folgte Romys Mutter, die gequält lächelte und ihren Sohn mit der einen Hand energisch in den Raum schob, während sie in der anderen eine Kaffeekanne trug. Julian trat gegen die Tür, die krachend zufiel. Daniel zuckte zusammen, wobei ihm das Tortenstückchen von der Gabel rutschte. Ungerührt legte es Romys Oma wieder drauf und drückte es sorgsam fest.

Julian hatte sich unterdessen vor Romy aufgebaut. »Fuck!«, schrie er. »Musst du immer solche beschissenen Wichser anschleppen?«

»Julian!«, riefen Romy und ihre Mutter gleichzeitig.

»Was denn? Guckt euch das Sackgesicht doch an – dieses BWL-Arschloch!« Er boxte leicht gegen Daniels Schulter.

»Noch ein Wort, und …«, drohte Romy halblaut.

»Und was? Willst du mir drohen, große Schwester? Willst du wieder zum Messer greifen, wie damals an Heiligabend bei Papa?«

»Halt die Klappe!«

»Hast du ihm nicht erzählt, was?« Er lachte hämisch und wandte sich an Daniel. »Hat sie dir nichts erzählt davon? Von Papa?«

Daniel schüttelte stumm den Kopf.

»Kann ich mir vorstellen, Sackgesicht. Gibt ja keiner gerne zu, dass er jemanden ermor …«

»Halt dein verdammtes Maul!«, schrie Romy und sprang vom Stuhl auf. Ihr Gesicht war dunkelrot vor Zorn. Die Oma summte leise vor sich hin und wiegte den Kopf hin und her. Julian fing an zu lachen, immer lauter und hysterischer. Schließlich rannte er aus dem Zimmer und die Treppe hoch. Man hörte ihn noch oben lachen. Romys Mutter stellte die Kaffeekanne auf den Tisch, drehte sich um und ging wortlos hinaus.

Romy ließ sich auf den Stuhl fallen und legte wieder ihre Hand auf Daniels Arm. In ihren Augen glänzten Tränen. »Ich hätte es dir sagen müssen. Ich dachte, das hat Zeit.« Sie schluchzte. Die Oma summte lauter.

Daniels Blick wanderte von Romy zum blinkenden Stern. Weißrotgrün-weißrotgrün-weißrotgrün – immer schneller. Er sah die vor sich hin summende Oma und den Tortenhaufen auf seinem Teller. Einatmen, ausatmen, ganz ruhig bleiben!

Langsam zog er seinen Arm unter Romys Hand weg, räusperte sich und sah auf die Uhr. »Ich fürchte, ich muss doch schon weg, leider. Auf Wiedersehen und danke für die Einladung!« Er erhob sich. Augenblicklich krallte die Oma die Hände um die Tischkante und begann ohrenbetäubend zu kreischen. Daniel stürmte in Richtung Haustür. Romy folgte ihm.

»Daniel, bitte bleib! Bitte!« Sie hielt ihn am Arm fest. »Sie sind nicht immer so schlimm. Und das mit Papa, das war … Ich erzähle dir alles. Ich bin sicher, du wirst es verstehen. Ich musste nicht mal ins Gefängnis dafür – oder jedenfalls nicht lange.« Sie sah zu Boden.

»Schon gut. Das sehen wir dann. Ich brauche erst mal ein bisschen Abstand. Sei nicht böse«.

»Wie bitte?«

Daniel erhob seine Stimme, um das Geschrei der Großmutter zu übertönen: »Ich sagte, ich brauche erst mal ein bisschen Abstand. Also dann … mach's gut, bis später mal. Und schöne Weihnachten.« Er lief die Waschbetontreppe hinunter und rannte zum Auto.

Um Gottes willen, dachte er. Romy! Meine Romy! Mein Engel! Was hast du getan? Den eigenen Vater … Und diese Familie … diese schreckliche Familie …

Vor dem Einsteigen drehte er sich noch einmal um. Die Oma kreischte nach wie vor aus Leibeskräften. Romy stand in der Haustür und hatte die Hände vors Gesicht geschlagen. Er zögerte, machte wieder zwei Schritte zurück in Richtung Gartentor, doch dann sah er Romys Mutter in einer ungelenken Mischung aus Hast und Vorsicht die Treppe hinunter auf sich zulaufen, in der Hand eine Zellophantüte mit Zimtsternen.

»Warten Sie, Daniel!«, rief sie. »So können wir doch nicht auseinandergehen!« Ihr hochgepushter Busen wogte und wurde nur mühsam von der Bluse im Zaum gehalten. Bevor sie ihn erreichte, machte Daniel endgültig kehrt, stieg in Windeseile ins Auto, fummelte mit zitternden Fingern den Schlüssel ins Zündschloss und fuhr mit quietschenden Reifen los. Auf der glatten Straße geriet er dabei ins Schleudern und hätte um ein Haar einen parkenden Lieferwagen erwischt.

Romys Mutter war am Gartentor stehen geblieben und sah ihm bis zur nächsten Straßenecke hinterher, dann trottete sie mit hängenden Schultern ins Haus zurück. Romy folgte ihr und ließ die Tür zufallen. Sie schloss die Augen und seufzte. »Oma hör auf, es reicht!«, brüllte sie. Schlagartig verstummte das Geschrei.

»Weg ist er«, sagte ihre Mutter traurig. Sie

zerrte an zwei schwarzen Haarsträhnen und verzog das Gesicht.

»Mama, lass das. Komm, ich helfe dir.« Romy nestelte vorsichtig vier Haarnadeln aus der Perücke, unter der kurze graubraun melierte Haare zum Vorschein kamen. Ihre Mutter fuhr mit allen zehn Fingern hindurch, um sie aufzulockern.

»Das mit den Blumen war gut!«, meinte sie.

Romy grinste. »Ich konnte nicht widerstehen, als ich merkte, dass er keine dabei hat. Ich musste dich einfach von der Raststätte anrufen.«

Julian kam die Treppe herunter. Er hatte sich rasiert, gekämmt und umgezogen. »Ich muss los!« Er sah seine Schwester streng an. »Das ist nicht okay, was du da machst. Kannst du nicht mal Schluss machen wie andere Frauen auch?«

»Gib hier bloß nicht den Pastor, nur weil du Theologie studierst! Daniel ist so eine verdammte Klette! Der hätte das niemals geschluckt. Den wär ich so schnell nicht losgeworden.«

Julian schüttelte den Kopf. »Eines Tages kassiere ich noch Prügel!«

»Also, ich fand's lustig.« Romys Oma

stand jetzt mit verschränkten Armen an den Rahmen der Wohnzimmertür gelehnt. »Ich will aber auch mal den Vamp spielen, nicht immer die übergeschnappte Alte.« Sie zwinkerte ihrer Enkelin zu. »So übel war der doch eigentlich gar nicht.«

»Find ich auch«, sagte Julian und fügte im Weggehen hinzu: »Denkt dran, heute Abend ist die erste Kostümprobe. Vergesst die Perücke nicht! Sind nur noch zwei Wochen hin.«

Romys Mutter holte im Spaß zu einer Ohrfeige aus, und Julian zog den Kopf ein. »Im Gegensatz zu dir haben wir Frauen keine einzige Probe geschwänzt, schon gar nicht zwei Wochen vor Heiligabend. Laientheater lebt von gewissenhafter Vorbereitung, auch ein Krippenspiel!«

»Genau«, sagte Romy, öffnete die Schublade des Flurschrankes und nahm einen Karton heraus. Vorsichtig legte sie die schwarze Perücke hinein. »Ich hasse das blöde Ding, aber eine rothaarige Maria geht wohl wirklich nicht.«

T. C. Boyle

Vom raschen Aussterben der Tiere

Sie wollte ihm etwas über Aale erzählen, wie es eines Nachts Aale auf eine Stadt in Südamerika geregnet hatte – in Kolumbien, glaubte sie –, aber er hörte nur mit halbem Ohr zu. Er zwang sich, auf die Straße zu achten, das Wetter wurde jede Minute schlechter, und eine Hand musste er am Radio lassen, weil der Sender sich immer wieder ein- und ausblendete, während sie sich höher in die Berge hinaufwanden. »Es war eine Wasserfontäne«, sagte sie, ihr Gesicht eine weiche blasse Muschel, die im Unterwasserglühen des Armaturenbretts trieb, »das nehmen sie zumindest an. Das ist die rationale Erklärung – die Aale hatten sich versammelt, um zu fressen oder sich zu paaren, und dann erfolgte eine Eruption und schleuderte sie in die Luft. Aber stell dir die Leute vor. Stell sie dir nur mal vor.«

Er spürte, wie die Hinterreifen in jeder Kurve wegrutschten, und es gab nichts außer

Kurven, eine Serpentine nach der anderen, die ganze Flanke des Bergs hinauf. Die Nacht war absolut, keine Lichter, keine Häuser, nichts – die letzte Ranch lag zehn Meilen zurück, und jetzt waren sie tief im Nationalpark, in achtzehnhundert Meter Höhe – unterwegs zur Big-Timber-Jagdhütte auf fast zweieinhalbtausend Metern. Für die Southern Sierras war eine Schneesturmwarnung herausgegeben worden, das wusste er, und er wusste auch, dass man diese Straße sperren würde, sobald der erste Schnee fiel, aber die alternative Route – die Vorderseite des Bergs hinauf – war noch kurvenreicher und eine halbe Stunde länger.

Er hatte das Gefühl, dass sie es schaffen würden, bevor der Regen in Schnee überging – oder jedenfalls bevor der Schnee liegen blieb. War er risikofreudig? Klar. Und er hatte es immer eilig. Vor allem heute Abend. Vor allem mit ihr.

»Zach – hörst du mir zu?«

Aus dem Radio klangen pulsierende Akkorde, und darüber legte sich eine heiße, abgefahrene Leadgitarre, als hätten die Finger des Gitarristen plötzlich Feuer gefangen, aber bevor er sich daran freuen oder auch nur die Melodie erkennen konnte, schob sich eine Mauer aus statischem Rauschen dazwischen, auf das ein kurzes Stück Mariachi-Musik und ein aalglatter DJ folgten, der brüllend etwas auf Spanisch verkaufen wollte – dem Tonfall nach wahrscheinlich Gebrauchtwagen. Oder Viagra. *¡Estimados Señores! ¿Tienen Vds. problemas con su vigor?* Seine Finger justierten den Knopf so feinfühlig wie die eines Toningenieurs. Doch erneut stellte sich nur beharrliches statisches Rauschen ein.

»Scheiße«, murmelte er und schaltete aus.

Jetzt war bloß noch das nasse Rauschen der Räder und das Auf und Ab des Motors zu hören – Gas geben, weg vom Gas, aufs Gas, weg vom Gas – und das nachklingende Echo der Frage, die er noch beantworten musste: *Hörst du mir zu?*

»Ja«, sagte er und schlug den lebhaften Ton an – er hörte wirklich zu, und er hätte niemandem lieber zugehört, weil er verliebt war, und die Art, wie sie die Worte abbiss, die Dynamik ihrer Stimme, das Flüstern, die Intonation, das leise sexy Kratzen schossen ihm direkt vom Trommelfell in den Schritt, doch das, worauf sie jetzt blickten, war Schneeregen, und die Straße war dunkel, und er hatte es eilig. »Die Aale. Die Leute. Das muss eine Überraschung gewesen sein, was?«

Sie weidete sich an dieser Vorstellung, und er warf ihr rasch einen Blick zu, ein bedächtiges, zufriedenes Lächeln schwebte auf ihrem angehobenen Gesicht, und die Reifen griffen und rutschten und griffen wieder. »Darum geht es«, sagte sie mit volltönender Stimme, »darum geht es, man muss es sich vorstellen. Sie sind in ihren Hütten, Blockhütten oder was auch immer – Blechdächer, vielleicht auch nur Stroh. Aber Blechdächer sind cooler. Viel cooler. Stell dir Blechdächer vor. ›Daddy! Mommy!‹, rufen die Kinder, ›draußen regnet es wie verrückt!‹«

Es war zum Schreien – das Bild, so wie sie es für ihn rahmte, die Kinderstimmen im Falsett gesprochen –, und beide brachen in Gelächter aus, lachten selbst wie Kinder, Kinder, die bei einem Schulausflug hinten im Bus saßen. Aber dann waren da wieder die Straße und eine schwarze, von Bäumen dicht umstandene Haarnadelkurve, die er fast nicht schaffte, und das letzte Lachen blieb ihm im Hals stecken.

Eine Minute verflog, die Scheibenwischer

arbeiteten, die Scheinwerfer fingen Schneeregen ein. Sie setzte sich gerade, und er sah, wie ihre Hand – ein flüchtiger weißer Geist im Dunkel des Wageninneren – hinunterlangte, um den Sicherheitsgurt zu kontrollieren. »Die Reifen sind doch in Ordnung, oder?«, fragte sie und versuchte – vergeblich –, nicht besorgt zu klingen.

»Aber ja«, sagte er, »ja, jede Menge Profil«, obwohl er mittlerweile dachte, er hätte Ketten kaufen sollen. Auf dem weit zurückliegenden letzten Schild hatte gestanden *Schneeketten erforderlich*, und da hatte er zum ersten Mal einen Nadelstich Sorge verspürt, aber Ketten kosteten ungefähr fünfundsiebzig Dollar, und man brauchte keine Ketten, um in Santa Monica zur Arbeit zu fahren. Es erschien ihm übertrieben. Wenn er welche hätte *leihen* können, vielleicht …

Und da rutschten sie wieder weg, die Hinterräder, diesmal schlingerten sie in einem breiten schwankenden Z über beide Spuren der Straße, und Gott sei Dank war heute Abend niemand sonst hier draußen, keine Chance, in ein entgegenkommendes Fahrzeug zu krachen, nicht bei einer Schneesturmwarnung und einer Straßensperre, die irgendwann in der Nacht mit Sicherheit verhängt würde ...

»Du schlitterst richtig«, sagte sie. Er blickte sie kurz an – knackig und kompakt in schwarzen Leggings und einem Pullover, auf dem zwei Rentiere über ihre Brüste tänzelten –, und dann schoss sein Blick zurück auf die Straße. Die sich plötzlich weiß färbte, als würde vor ihnen eine kosmische Hand mit einem zweispurigen Pinsel darüberstreichen.

»Willst du meine Theorie hören?«, sagte er, beschleunigte nach einer Kurve und passte die Körperhaltung der Neigung der Straße an – höher, höher, immer höher.

»Ja, welche?«

»Wenn man schnell genug fährt« – er warf ihr einen kurzen Blick zu, ohne die Miene zu verziehen –, »und ich meine wirklich schnell –«

»Ja, und dann?«

»Na, das liegt doch auf der Hand, oder? Hat man keine Zeit zu schlittern.«

Ein Moment des Zögerns – ein Herzschlag, und das liebte er an ihr, diesen Moment des Nachdenkens –, und dann lachten sie beide wieder, sie lachten so heftig, dass er meinte, an den Straßenrand fahren und anhalten zu müssen, um nicht zusammenzubrechen.

Er hatte sie vor drei Wochen kennengelernt, kurz vor Thanksgiving bei einer Party in Silver Lake. Freunde von Freunden. Ein Craftsman-Haus, restauriert bis zum letzten Tropfen Lasur, gute Weine, Horsd'œuvres vom Partyservice, ein Zimmer voller geflissentlich hipper Leute, die, so sie nicht Rockmusiker oder Filmemacher oder Dichter waren, dafür trainierten, durch die Meerenge von Java zu schwimmen oder den South Col des Mount Diablo im Alleingang zu erklimmen. Er gedachte, sich an den Horsd'œuvres satt zu essen, sich mit einer 32-Dollar-Flasche Cabernet zu betrinken, nach Hause abzuhauen und sich einen Film auf DVD anzusehen, weil er sich nicht wirklich für mehr interessierte. Noch nicht. Er war zweieinhalb Jahre mit Christine zusammen gewesen, dann hatte sie jemanden bei der Arbeit kennengelernt, und das hatte ihn bis ins Mark getroffen.

Ontario stand am Kamin mit Mindy, der Schwester seines besten Freundes Jared, und als er später darüber nachdachte, begriff er, dass aus Mindys Perspektive hier mehr als nur ein bisschen Eheanbahnung im Gange war – sie kannte Ontario aus ihrem Buchclub und wusste, dass Ontario, gutmütig und schüchtern und auf einem Fundament von geheimen Informationen über meteorologische Ereignisse und das rasche Aussterben verschiedener Tierarten auf diesem wunden und verletzten Planeten ruhend, seit einem halben Jahr geschieden war und Ablenkung brauchte. So wie er selbst auch, zumindest in Mindys Augen. Der Wein pulsierte in seinen Adern. Er ging zum Kamin.

»Vermutlich wirst du das ständig gefragt«, sagte er und versuchte, clever zu sein, sie zu beeindrucken, nachdem Mindy ihn umarmt und sie einander vorgestellt hatte, »aber sind deine Eltern Kanadier?«

»Du hast es erraten.«

»Dein Bruder heißt demnach Saskatchewan, richtig? Oder B. C., was ist mit B. C.?«

Ihr Haar glänzte. Sie war ganz in Schwarz gekleidet. Ihre Augen musterten ihn einen Moment lang – hinter der schmalen Plastikbrille, die wie eine Provokation wirkte, als könnte sie sie jeden Augenblick abnehmen und wegwerfen und den Raum mit ihrer befreiten Schönheit betören –, und sie nahm ihr Weinglas bedächtig von der einen Hand in die andere.

»Leider habe ich keinen Bruder«, sagte sie. »Und auch keine Schwester.« Dann lächelte sie, strahlend. »Wenn ich jedoch Geschwister hätte, dann hätten sich meine Eltern bei einem Mädchen, glaube ich, für Alberta entschieden –«

»Und, lass mich raten – *Neufundland*, wenn es ein Junge wäre.«

Sie blickte zufrieden drein, öffnete die Lippen und biss sich auf die Zungenspitze in Vorfreude auf die Pointe. »Genau«, sagte sie, »und wir hätten ihn kurz Neufi genannt.«

Am nächsten Abend rief er sie an und ging mit ihr zum Essen, zwei Abende später in ein Konzert, und sie stellten verblüffend viele Gemeinsamkeiten fest. Sie hatte eine drei Jahre alte Tochter. Ihr Ex zahlte Unterhalt. Sie arbeitete Teilzeit als Sprechstundenhilfe und belegte Kurse an der UCLA, um in Ökologie zu promovieren. Eine ganze Wand in ihrer Wohnung war vom Boden bis zur Decke mit Naturbüchern bedeckt, von Thoreau über

Leopold zu Wilson, Garrett, Quammen und Gould.

Er fiel. Und er fiel rasant.

Jede Kurve war ein Duplikat derjenigen, durch die er gerade gefahren war, Haarnadel nach rechts, Haarnadel nach links, mehr Bäume, mehr Schnee, mehr zurückgelegte Strecke. Die Straße war jetzt überhaupt nicht mehr zu sehen, sondern nur eine breite, einheitliche weiße Fläche ohne erkennbare Grenzen. Er orientierte sich an den Baumstämmen als Wegweiser, versuchte, den Wagen in der Mitte zu halten zwischen den Bäumen links und den Bäumen rechts, die vorbeizogen wie Latten in einem Zaun. Es wäre wirklich nicht ratsam, gegen einen Baum zu schlittern – Goldkiefern, Zuckerkiefern, Jeffreys Kiefern, Gelbkiefern mit einem Umfang wie die Säulen des Lincoln Memorials –, aber den Lücken dazwischen galt seine besondere Aufmerksamkeit. Kämen sie dort von der Straße ab, wüsste niemand, wie tief sie stürzen würden. Leitplanken? Nicht hier draußen.

Sie schwiegen eine Weile, dann griff er das Thema Aale wieder auf – nur um sich mit dem Klang seiner eigenen Stimme abzulenken. »Aber vermutlich hatte es auch was Gutes – den Leuten im Dorf müssen ein bisschen gebratener Aal und Kochbananen geschmeckt haben. Oder vielleicht haben sie die Aale auch geräuchert.«

»Nach ein paar Tagen hat man Aal schrecklich satt, glaubst du nicht?« Sie schaute nicht durch die Windschutzscheibe hinaus in das weiße Gestöber vor den Scheinwerfern, sondern sah ihn an, als würden sie unter einer vollen warmen Sonne die Küstenschnellstraße entlangfahren. »Nein, ich glaube, sie haben sie begraben – die, die zu schwer verletzt waren, um davonzukriechen.«

»Muss ganz schön gestunken haben.«

»Oder sich davonzuschlängeln. Wusstest du, dass Aale – der Amerikanische Aal, es waren Amerikanische Aale – über Land kriechen können? Wie Schlangen?«

Er blinzelte in den Schneeregen, streckte den Arm, um das Radio einzuschalten, überlegte es sich anders. »Nein, ich glaube nicht. Oder vielleicht doch. Vielleicht wusste ich es. Ich erinnere mich, dass sie in meiner Kindheit in jedem Bach waren – wir wollten Forellen angeln und hatten diese großen, glitschigen, sich windenden Dinger an der Angel, die immer den Haken verschluckten, und dann mussten wir die Schnur abschneiden. Wegen des Schleimfaktors.«

»Sie werden alle in der Sargassosee geboren, das weißt du doch, oder? Und dass die Weibchen landeinwärts schwimmen?«

Er wusste es. Er war selbst so etwas wie ein Naturfreak, wanderte an Wochenenden durch die Canyons, schaute unter jeden Stein und kroch zwischen die Weiden an den Flussläufen, versuchte, alles Wissenswerte zu lernen, und in seinen eigenen Bücherregalen standen viele der Titel, die er auch bei ihr gesehen hatte. Und das war einer der Gründe, warum er mit ihr übers Wochenende nach Big Timber fuhr – um ihr die Wege zu zeigen, die er letzten Sommer entdeckt hatte, um mit ihr den Trail of a Hundred Giants zu gehen und dann den Freeman Creek Trail hinunter zum Freeman Grove. Sie war aus Boston und kannte Mammutbäume, Redwoods und Sequoias nur von Fotos. Als sie ihm das erzählt hatte, über einem Teller Miesmuscheln Marinara in einem halbhippen, überteuerten Restaurant am Wilshire Boulevard mit roten Sitzbänken und Votivkerzen auf den Tischen, hatte er so lange von Big Timber geschwärmt, bis es wie das irdische Paradies schlechthin klang. Was es auch war, seiner Meinung nach. Er war nur zweimal dort gewesen, mit Jared auf ihren Mountainbikes, aber es war so wild und schön wie zu Muirs Zeiten – wirklich –, und er überredete sie, ihre Schwester zu bitten, übers Wochenende babyzusitten, damit sie wandern und, wenn genügend Schnee läge, langlaufen und dann an der Bar der Jagdhütte sitzen konnten, bis es Zeit war, ins Bett zu gehen.

Und das war der andere Grund für den Ausflug, das unausgesprochene Versprechen, das sich aus ihrer schlichten einsilbigen Zustimmung ableiten ließ – ins Bett zu gehen. Bei ihrer ersten Verabredung hatte sie gesagt, sie fühle sich noch immer fragil – ihr Ausdruck, nicht seiner – und wolle die Sache langsam angehen. In Ordnung. Das respektierte er. Aber seitdem waren drei Wochen vergangen, und als sie einverstanden gewesen war mitzufahren – für zwei Tage und zwei Nächte –, spürte er, wie sich etwas in ihm entspannte.

»Genau«, sagte er, »und dann kehren sie alle in die Sargassosee zurück, um sich zu paaren.«

»Erstaunlich, nicht wahr?«

»Alle Aale«, sagte er. »Aale aus Ohio, Pennsylvania, Texas« – er warf ihr einen Blick zu –, »sogar aus Ontario.«

In diesem Augenblick scherten die Räder aus, und der Wagen schlingerte über die Straße, prallte von einem schneebedeckten Felsen ab und rutschte in einen glitzernden weißen Graben, der sich anmutig fortschlängelte von der unter dem Schnee verborgenen Straße, auf der er einzig und allein sein wollte.

Dass sie feststeckten, war klar. Die Räder auf der Beifahrerseite waren im Graben, der Wagen neigte sich in einem unglückseligen Winkel, und unter dem sich rasch anhäufenden Schnee blitzte Eis auf, das einem keine Chance ließ. Er fluchte leise – »Scheiße, Scheiße, Scheiße« – und schlug mit der Faust aufs Lenkrad, und sie sagte: »Stecken wir fest?« Einen langen Augenblick antwortete er nicht, die Scheibenwischer bewegten sich dämlich hin und her, der Schnee glänzte im Licht der Scheinwerfer und fiel wie starker weißer Regen. »Alles in Ordnung?«, sagte er schließlich. »Weil ich – er ist einfach unter mir weggerutscht. Die Straße – ist wie eine

Eislaufbahn.« Ihr Gesicht war gespenstisch erleuchtet. Er konnte ihre Augen nicht sehen. »Ja«, sagte sie leise, »alles in Ordnung.«

Als er die Tür einen Spalt öffnete, um auszusteigen und nachzusehen, brannte ihm der Schnee in den Augen und raubte ihm den Atem. Er blickte kurz zu ihr, wie sie auf dem Beifahrersitz saß – und er roch ihr Parfum, spürte die Hitze ihres Körpers, die schläfrige Wärme des Wageninneren –, und dann schlug er die Tür zu und ging um den Wagen, um den Schaden zu begutachten. Auf der Beifahrerseite war die vordere Stoßstange eingedellt, wo sie auf den Felsen geprallt war, aber das schien dem Rad nichts anzuhaben – das war die gute Nachricht. Die Hinterreifen allerdings hatten sich zwei Krater in das Eis unter dem Schnee gegraben, und die Achse saß auf dem kahl gekratzten Stück Erde unter dem Auspuff auf. Und der Schnee. Es schneite ununterbrochen, und die Straße würde gesperrt werden – vielleicht bis zum Frühjahr –, und er wusste nicht, wie viele Meilen es noch bis zur Jagdhütte waren. Fünf? Zehn? Zwanzig? Er hatte keinen blassen Schimmer, und als er zu der schmalen wirbelnden Lichtschneise der Scheinwerfer sah, wurde ihm klar, dass er nichts erkannte. Es gab nur Bäume. Bäume und noch mehr Bäume.

Dann wurde die Wagentür zugeschlagen, und sie stand neben ihm, die Kapuze des Parkas fest um das Oval ihres Gesichts gezogen. »Ich bin im Schnee aufgewachsen, das ist nichts Neues für mich.« Sie grinste, grinste tatsächlich, das Glühen der Rücklichter tauchte ihr Gesicht in ein unheimliches pinkfarbenes Licht. »Ich sage dir, was wir tun müssen, wir müssen dieses Hinterrad hier aufbocken und etwas darunterlegen.«

»Und was?« Der Motor räusperte sich leise, zweimal, dreimal, und lief dann in einem eigenen Rhythmus. Es roch nach Abgasen, zu hören war nur das Geräusch der Miniatureiskügelchen in all ihren Trillionen Permutationen, die von der Kapuze seiner Jacke abprallten, vom Kofferraum des Wagens, von ihrer Kapuze und den Ästen der Bäume. Er schaute sich düster um – es war nichts, absolut nichts zu sehen außer den Schneehügeln, die von Weiß zu Grau übergingen und jenseits der Reichweite der Scheinwerfer in ein bleiches Nichts trieben.

»Ich weiß nicht«, sagte sie, »einen Baumstamm oder so. Hast du eine Schaufel im Kofferraum?«

Er hatte keine Schaufel im Kofferraum – keine Schaufel und keine Schneeketten. Allmählich kam er sich weniger risikofreudig als vielmehr bescheuert vor, unerfahren, unbedacht, nicht vorausblickend oder vorausdenkend, die Art unzulängliches Individuum, dessen genetische Schwächen in der Nahrungskette verschluckt werden, bevor es sich reproduzieren und sie weitergeben kann, um die Spezies zu versauen. So würde es ein Evolutionist sehen – so würde *sie* es sehen. »Nein, ähm, keine Schaufel«, flüsterte er, und dann schlurfte er um den Wagen, öffnete die Fahrertür, langte hinein, schaltete den Motor aus und zog den Schlüssel ab – der Wagenheber war jedenfalls im Kofferraum. Oder war es zumindest gewesen, als er das letzte Mal nachgesehen hatte, aber wer machte sich schon Gedanken über den Inhalt seines Kofferraums? Man verstaute Lebensmittel darin, Gepäck, den großen Einkauf aus dem Supermarkt.

Ohne das Brummen des Motors schien die Nacht sie einzuschließen, das ununterbrochene Zischen des Schnees das einzige Geräusch im Universum. Er ließ das Licht an, obwohl ihn ein Summen davor warnte, und dann stand er wieder neben ihr, riss den Kofferraum auf, dessen Inneres sofort vom fallenden Schnee weiß wurde. Da waren ihre Taschen – seine schwarz, ihre rosa –, und da lag der Wagenheber, lehnte an der Seitenwand, wohin er ihn geworfen hatte, nachdem er letzten Sommer einen platten Reifen gewechselt hatte. Oder war es im vorletzten Sommer gewesen?

»Okay, super«, sagte sie, das bleiche Wölkchen ihres Atems klebte an ihren Lippen, »warum bockst du ihn nicht hoch, und ich suche nach etwas – Kiefernäste, wir könnten Äste nehmen. Hast du ein Messer dabei? Ein Beil? Irgendwas, womit man etwas abschlagen kann?«

Er stand da, einen halben Meter von ihr entfernt, und starrte in den weiß werdenden Kofferraum. Es befanden sich zwei Plastikdosen mit Motoröl darin, ein ölfleckiges T-Shirt, ein halbes Dutzend CDs, die er hier versteckt hatte, damit der Parkwächter des italienischen Restaurants sie sich nicht aneignen könnte, aber keine Messer, keinerlei

Werkzeug außer dem Wagenheber. »Nein, ich glaube nicht.«

Daraufhin sah sie ihn an – die dunklen Schlitze ihrer Brille, die geschürzten Lippen –, aber sie sagte nur: »Wir könnten den Teppich nehmen. Schau mal.« Und sie griff hinein und hob versuchsweise das eingepasste Viereck auf dem fleckigen Stahl an.

Der Wagen war zwei Jahre alt, und er zahlte ihn in monatlichen Raten ab. Es war das erste Auto seines Lebens, das er neu gekauft hatte, und er hatte sich gegen Christines Einwände dafür entschieden. Er mochte diese Sportlichkeit, diese Kraft – er konnte die meisten Autos auf der Schnellstraße mühelos überholen, ohne ihn wirklich zu fordern – und die Farbe, ein magnetisches Rot, das aus hundert Meter Entfernung herausstach. Er wollte den Teppich nicht herausreißen – das war keine Option, denn sie würden hier herauskommen und bei Drinks in der Jagdhütte darüber lachen, und es war sinnlos, in Panik zu geraten, sinnlos, Dinge unnütz kaputt zu machen –, aber sie hielt ihn bereits fest und schob die Taschen mit der anderen Hand zur Seite, und er hatte keine Wahl, als sich vorzubeugen und ihr zu helfen.

Im Wagen, bei laufendem Motor, befand er sich in einem Traum, in einer Trance, als wäre er mit Cousteau und seiner Tiefseetauchkapsel auf den Grund des Meeres gesunken, und die ganze Welt war reduziert auf diese dämmrige Kabine, in der das Armaturenbrett blassgrün glühte und die Heizung summte. Ontario saß neben ihm, eine dunkle Anwesenheit auf dem Beifahrersitz, ihr Kopf in der Beuge seines Arms. Sie waren übereingekommen, den Motor ungefähr alle fünfzehn Minuten kurz anzulassen, um Benzin zu sparen und ihn dennoch warm genug zu halten, dass er heiße Luft abgab. Und das war in Ordnung, obwohl er immer wieder aus seinem Traum erwachte und das Herz in seiner Brust raste, weil sie in Schwierigkeiten waren, in großen Schwierigkeiten, das wusste er, gleichgültig, wie oft er sich sagte, dass der Sturm sich legen würde und sie durch den Schnee zur Jagdhütte gehen könnten. Und was war mit dem Wagen? Bei diesem heftigen Schneefall wäre die Straße bis zum Frühjahr gesperrt, und der Wagen stünde hier, bis der Schnee schmolz und ihn am Straßenrand, im Graben, freigab, und er müsste um eine Mitfahrgelegenheit zur Arbeit bitten oder sich zusammen mit dem Abschaum der Menschheit in einen der ungesunden Busse zwängen. Trotzdem, es könnte schlimmer sein – zumindest hatte er vollgetankt, bevor er den Berg in Angriff genommen hatte.

»Zach?« Ihre murmelnde Stimme klang schläfrig.

»Ja?«

»Es gibt keinen Grund, sich Sorgen zu machen. Ich habe zwei kräftige Beine. Wir können morgen früh losgehen und Hilfe holen – ein Schneefahrzeug. Irgendwo da draußen sind bestimmt Schneefahrzeuge –«

»Ja«, sagte er, »ja, bestimmt.« Und am liebsten hätte er hinzugefügt, dass das hier nicht das kleinstädtische Massachussetts war, sondern die Wildnis oder zumindest so wild, wie Südkalifornien sein konnte. Hier gab es Berglöwen, Bären, Baummarder, das Nordamerikanische Katzenfrett. Letzten Sommer hatte er mit Jared ein Bärenjunges gesehen – ungefähr ein Jahr alt, ein ziemlich großes Tier –, auf der Schnellstraße, dieser Schnellstraße hier, das mit den Zähnen ein überfahrenes Eichhörnchen vom Asphalt kratzte. In dieser Höhe gab es im Winter durchschnittlich über sieben Meter Schneefall und bis zu zwölf in einem El-Niño-Jahr, und bei seinem Glück war es zweifellos ein El-Niño-Jahr, weil es schneite, als würde es bis Mai nicht mehr aufhören. *Schneefahrzeuge.* Riesenchance. Aber es gab ja noch die Jagdhütte, und falls sie sie erreichten – sobald sie sie erreichten –, wären sie gerettet. Und der Wagen würde halten – er war ganz krank deswegen, und vielleicht hätte er eine neue Batterie nötig, aber damit könnte er leben. Er dachte nicht über die Kälte nach. Oder die tödliche Anstrengung, durch kniehohen Schnee zu waten. Das hob er sich für morgen auf. Für das Tageslicht.

Sie hatten eine gute Stunde oder länger versucht, den Wagen freizubekommen und dabei die Teppiche verschlissen, seinen Straßenatlas von Kalifornien, sein zweites Jackett und zwei alte Ausgaben von *Nature*, die sie mitgenommen hatte, um sie vor dem Kamin zu lesen, aber sie hatten nicht mehr zustande gebracht, als dass die Hinterräder für einen Augenblick griffen, nur um das vordere Ende tiefer einsinken zu lassen. Als sie aufgaben, hatte er alles Gefühl in den Zehen und Fingerspitzen verloren, und da fiel ihr das Handy ein – und er ließ zu, dass sie es herausholte und die Notrufnummer wählte, weil er es nicht übers Herz brachte, ihr zu sagen, dass Handys hier oben nutzlos waren, kein Empfang, wie beim Radio.

»Erzähl mir eine Geschichte«, sagte sie jetzt. »Sprich mit mir.«

Er schaltete den Motor aus. Der Schnee war seit Langem pulvrig und fiel lautlos, die einzigen Geräusche waren das Knacken und Ächzen des abgeschalteten Motors. Die Dunkelheit war allumfassend, und die höher werdenden Schneehaufen klammerten sich daran. »Ich weiß keine«, sagte er. »Ich weiß keine Geschichten.«

»Erzähl mir von den Tieren. Erzähl mir von den Bären.«

Er zuckte in der Dunkelheit die Achseln, zog sie an sich. »Sie schlafen jetzt. Aber letzten Sommer – bei der Jagdhütte –, da war einer draußen, ein großes zimtfarbenes Weibchen, das angeblich dreihundert Pfund gewogen hat oder mehr. Jared und ich spielten Billard – sie haben übrigens einen guten Tisch dort, und morgen Nachmittag werde ich dich zur Weltmeisterschaft herausfordern, du wärmst dir also besser die Finger auf –, und jemand sagte, *Der Bär ist wieder draußen*, und wir haben ihm bestimmt eine halbe Stunde zugeschaut, bevor er wieder davontrampelte, und er trampelte wirklich. Ich meine, für mich hat das Wort jetzt eine völlig neue Bedeutung.«

Sie schwieg einen Augenblick und sagte dann: »Der kalifornische Grizzly ist ausgestorben, aber das weißt du, oder?«

»Ja, ja, es war ein Schwarzbär.«

»Der letzte Grizzly wurde in Fresno erschossen, wahrscheinlich als er auf irgendeiner Schaffarm herumschnüffelte, 1922. Bum. Und damit war er für immer verschwunden.« Ihre Stimme klang verknotet, pessimistisch, als sie sich in die Arena der Gewissheit begab, dessen, was ist und was war. Der Schnee schwebte herab, ein weißes Meer in winzigen Partikeln – die Schuppen Gottes, hatte sein Vater immer dazu gesagt, als sie in den Weihnachtsferien in Mammoth zum Skifahren gingen. Sie hielt einen Herzschlag inne, dann hörte er ihre Stimme wieder, leise, als würde sie beten. »Habe ich dir schon vom Karolinasittich erzählt?«

Als es hell wurde, schneite es noch immer, und in der Nacht hatte der Wind aufgefrischt und eine Schneewehe geformt, die bis zum

Fenster neben dem Fahrersitz reichte, aber das wusste er noch nicht. Er erwachte aus einem Traum, der sich auflöste, als er die Augen aufschlug und sofort von einem heftigen, angsterfüllten Verlustgefühl überwältigt wurde: Er musste den Wagen stehen lassen, ein ungewisser Fußmarsch lag vor ihnen, das vielversprechende Wochenende war geplatzt wie eine Tüte Luft. Nur weil er ein Idiot war. Weil er ein Risiko eingegangen war, und das Risiko war zu groß gewesen. Er dachte an gestern Nachmittag, an die ungetrübte Freude in ihrem Gesicht, als sie ihre Tasche in den Kofferraum legte, die Palmen, die sich in der Brise vom Pazifik neigten, kaum Verkehr – weniger als er je zuvor erlebt hatte –, im Radio ein starkes Lied nach dem anderen, alles Rhythmus und Unbeschwertheit, er trommelte mit den Fingerspitzen auf das Lenkrad, und was war mit der Arbeit, und hatte ihr Chef etwas gesagt, weil sie früher gegangen war? Er wünschte, er könnte die Zeit zurückdrehen, zurück zu dem Augenblick, als sie sich neben ihn setzte und es noch nicht regnete und er sich für die Hauptstraße hätte entscheiden können, von der er wusste, dass sie sie zum Ziel bringen würde, Schneefall oder nicht. Er wünschte auch, er hätte Ketten gekauft. Er wünschte vieles. Er wünschte, er würde in der Jagdhütte erwachen, im Bett neben ihr. Oder sie säßen am Kamin beim Frühstück, große ovale Teller mit Eiern und Speck und Bratkartoffeln, Mimosas, Bloody Marys, der Schnee im Fenster wie eine das ganze Haus umgebende Wandmalerei …

Im Auto war es kalt – er sah seinen Atem in Wölkchen vor den Lippen schweben –, und durch die Windschutzscheibe war nichts zu erkennen, weil außen Schnee darauf lag und das Glas innen von komplizierten gefrorenen Kondenswasserwirbeln überzogen war. Ontario schlief, das Gesicht von der Kapuze umrahmt, die Lippen geöffnet, sodass der schöne Bogen ihrer oberen Zähne sichtbar war, und eine Weile schaute er sie nur an, hatte Angst, sie zu wecken, anzupacken, was immer kommen würde. Was hatte sie ihm am Abend erzählt? Dass die Wildnis schrumpfte und die bedeutenden Spezies der Erde dem Vergessen anheimfielen und niemand etwas dagegen tun konnte. Er versuchte, es ihr auszureden, machte sie auf die Wiederansiedlung von Wölfen im Yellowstone Park aufmerksam, auf die Widerstandsfähigkeit von Puma und Schwarzbär in diesen Wäldern, die Invasion der Städte durch Wild, Opossum und Waschbär, aber davon wollte sie nichts hören. Sie war wie besessen von allem, was tot oder im Aussterben begriffen war, von den leer gefischten Ozeanen, vom vogellosen Himmel, von den unnatürlich stillen Ebenen und Wäldern, und sie schlief in seinen Armen ein, während sie die Namen der untergegangenen Tierarten aufzählte, als würde sie beten.

Er horchte auf ihren Atem, das leise Rauschen der Luft, die in ihrer Nase zirkulierte, den regelmäßigen Rhythmus des Hebens und Senkens ihrer Brust, und er betrachtete ihr entspanntes Gesicht, vermutlich träumte sie von Tieren, die eins nach dem anderen ihre Nische verließen. Er wollte sie nicht wecken. Aber er fror, und er musste sich erleichtern und dann irgendeinen Plan entwickeln oder zumindest herausfinden, wo sie waren und wie weit sie marschieren mussten, und er ließ den Motor an, um zu heizen, und versuchte die Tür zu öffnen, nur um die Schneewehe und das kalte blaue Licht darin zu entdecken.

Sie richtete sich erschrocken auf, als er mit der Schulter gegen die Tür drückte und der Atem des Sturms auf einem kalten Peitschenschlag windgetriebenen Schnees hereinfuhr.

»Wo sind wir?«, murmelte sie, als könnten sie irgendwo sein, und dann, während sie an die Kapuze ihres Parkas griff, als wollte sie sich mit den Fingern durchs Haar fahren: »Schneit es immer noch?«

Sie erleichterten sich jeder für sich, er auf seiner Seite des Wagens – nachdem er die Schneewehe mit der stumpfen Klinge der Tür weggeschoben hatte – und sie auf ihrer. Er stand da, Schnee stob ihm ins Gesicht, das Weiß ungemildert, und bohrte ein dampfendes Loch in die Wehe, während sie außer Sichtweite in die Hocke ging und die Straße wie ein Fluss zwischen den zerklüfteten Ufern der Bäume dahinfloss. Sie brauchten eine Weile, um ihre Sachen zu sortieren – was sie zurückließen, Kleidung, Toilettenartikel, Makeup, Schmuck, kam in den Kofferraum, wo sie alles nächstes Frühjahr wiederfänden, als würden sie eine Zeitkapsel ausgraben –, und sie aßen gemeinsam einen der zwei Powerriegel, die sie in ihrer Handtasche mitgenommen hatte, und jeder ein Stück Dörrfleisch, das er in seinem Rucksack fand. Sie aßen im Wagen, sprachen leise, wärmten sich die Hände am Gebläse der Heizung, das Benzin war jetzt fast aufgebraucht, aber deswegen würde er sich später Sorgen machen. Viel später. Er grübelte, während seine Kiefer ein Stück getrocknetes Fleisch bearbeiteten, ärgerte sich erneut maßlos über sich selbst, aber sie war unbeeindruckt. Ja, angesichts der Umstände, angesichts seines Elends, schien sie ungewöhnlich gut gelaunt, als wäre es ein großes Abenteuer – aber es war schließlich nicht ihr Wagen.

»Ach, komm schon, Zach«, sagte sie, ihre Augen staunend und groß hinter der hinderlichen Brille, eine schwache Spur Schokolade auf der Oberlippe, »machen wir das Beste draus. Wir wollten sowieso wandern gehen, oder? Und wenn wir in der Jagdhütte sind, schauen wir, ob jemand den Wagen abschleppen kann – ja? Und dann können wir das Billardspiel machen, das du mir versprochen hast.«

Seine Stimme war nur noch ein Krächzen. Er tat sich selbst leid, und je optimistischer sie war, desto mehr tat er sich leid. »Das geht nicht«, sagte er. »Es sind noch Meilen bis zur

Hütte, und hier draußen räumen sie nicht, wie denn auch. Wie soll es ein Abschleppwagen hierher schaffen?«

Das Lächeln war noch auf ihren Lippen, ein geduldiges, heiteres, schönes Lächeln. »Vielleicht bringst du sie dazu, eine Spur zu räumen – oder vielleicht hat jemand einen Schneepflug auf dem Pick-up, irgendwas in der Art.«

Er wandte den Kopf ab, starrte auf das mit Eis überzogene Seitenfenster. »Vergiss es«, sagte er. »Der Wagen bleibt bis Mai hier. Es sei denn, die Vandalen kommen und nehmen ihn auseinander.«

»Na gut. Wie du willst. Aber wir brechen jetzt besser auf, oder wir sind im Mai auch noch hier, meinst du nicht?«

Er erwiderte nichts.

»Dort lang, nehme ich an«, sagte sie und deutete mit einem behandschuhten Finger auf die Windschutzscheibe.

Er sah sie nur an, dann schob er die Tür auf und trat hinaus in den Schnee.

Er war achtundzwanzig Jahre alt und einigermaßen gut in Form – er trainierte ein-, zweimal in der Woche im Fitnessstudio, ging aus

Prinzip jeden zweiten Tag die acht Blocks zum Lebensmittelladen zu Fuß und fuhr mit dem Mountainbike –, aber den Großteil seines wachen Lebens verbrachte er reglos vor dem Computerbildschirm, und dieses Verhalten rächte sich jetzt. Der Schnee reichte ihm bis zu den Oberschenkeln, die Luft war dünn, und sie waren noch keine halbe Meile gegangen, als seine Kleidung schweißfeucht war und seine Beine sich anfühlten wie tote Stümpfe, die an seine Hüfte gepfropft waren. Sie folgte drei Schritte hinter ihm in dem schmalen Gang, den er für sie freilegte, ihr Blick scharf und auf die Umgebung eingestellt, die rosa Tasche über die Schulter geschlungen, immer wieder streckte sie die Arme aus, um das Gleichgewicht zu halten, als balancierte sie auf einem Hochseil. Nichts bewegte sich vor ihnen, kein Vogel, kein Eichhörnchen. Die Stille lastete auf ihnen, als lägen sie in einem unendlichen Bett unter einer Decke, so groß wie der Himmel.

»Du siehst aus wie ein Schneemann«, sagte sie. »Ein wandelnder Schneemann.«

Er fasste das als Signal zum Anhalten auf, blieb stehen und drehte sich zu ihr um. Sie schien irgendwie geschrumpft, klein wie ein

Kind, das an einem Tag, an dem die Schulen geschlossen waren, zum Schlittenfahren hinausgeschickt wurde, und er wollte sie schützend an sich drücken, wollte seine schlechte Laune und die Lage, in die er sie gebracht hatte, wiedergutmachen, aber er tat es nicht. Der Schnee fiel dicht, begrub alles. Er krönte ihre Kapuze, einzelne Flocken hingen in ihren Wimpern und auf ihrer Brillenfassung. »Du auch«, sagte er und sog die Luft ein, als würde er ertrinken. »Wir beide«, keuchte er. »Schneemänner. Oder Schneemann und Schneefrau.«

Später – sie hatten vielleicht eine weitere Meile zurückgelegt – machte er eine Entdeckung, die sein Herz höherschlagen ließ und ihm nahezu gleichzeitig den Mut raubte. Sie hatten eine Stelle erreicht, die er auch im wehenden Schnee und in den veränderlichen, trügerischen Konturen der Landschaft wiedererkannte – eine Kreuzung mit einem halb im Schnee begrabenen Stoppschild. Geradeaus drang die Straße tiefer in die Wildnis vor; nach links führte sie zur Big-Timber-Jagdhütte, und jetzt wusste er zumindest, wo sie waren, wenn auch längst nicht so weit, wie er gedacht hatte. Er hatte sich etwas vorgemacht, das war ihm klar, aber die ganze Zeit hatte er gehofft, dass sie in der Orientierungslosigkeit der Nacht hier schon vorbeigekommen wären. »Ich kenne diese Stelle«, sagte er. »Zur Hütte geht es nach links.« Sie keuchte jetzt auch, obwohl sie ihm vor zehn Minuten noch erzählt hatte, dass sie jeden Tag auf dem Stairmaster trainierte – oder fast jeden. »Fantastisch«, sagte sie. »Siehst du, es ist nicht so schlimm.« Sie stapfte auf der Stelle, schüttelte den Schnee von den Schultern. »Wie weit ist es noch?«

Er senkte die Stimme. »Ziemlich weit.«

»Wie weit?«

Er zuckte die Achseln. Blickte weg von ihr, als hätte eine Bö ihm eine Handvoll Schnee ins Gesicht geweht. »Dreizehn Meilen.«

Es kam ein Punkt – vielleicht eine halbe Stunde später, vielleicht eine Dreiviertelstunde, er wusste es nicht –, als er nachgab und sie vorausgehen ließ. Er war fertig. Konnte kaum mehr die Beine heben. Und wenn er stehen blieb – wenn er auch nur für eine Minute stehen blieb, um Luft zu schöpfen –, fuhr der Wind in ihn, und er spürte, wie der Schweiß unter seinen Armen und auf seinem

Rücken kalt wurde. Er konnte nicht fassen, wie schnell sich der Schnee anhäufte – er reichte ihm jetzt bis in den Schritt, in Verwehungen war er noch tiefer, der Wind zerrte an den Bäumen, bis die Nadeln peitschten und sangen, die Temperatur fiel, als wäre es schon Nacht, obwohl es erst kurz nach eins war. Er sah zu, wie sie vor ihm ging, auf und ab der Kopf, die Arme rudernd, sechs Schritte, dann eine Pause zum Erholen, ihr Körper an der Taille abgeschnitten, als watete sie durch einen Fluss. Im Auto hatte sie eine Jeans über ihre Leggings angezogen, aber sie musste frieren, ob sie nun im Schnee aufgewachsen war oder nicht. Er dachte, er sollte sie am Arm festhalten und die Position mit ihr tauschen – er hatte sie schließlich in diese Lage gebracht, und er würde sie auch wieder herausführen –, als sie plötzlich stehen blieb und sich keuchend zu ihm umdrehte.

»Wow«, sagte sie, »das ist vielleicht was, hm?« Die Haut in ihrem Gesicht war spröde, gerötet, der Knoten an ihrer Kapuze mit Eis verkrustet; ihre Nase lief, und sie biss die Zähne zusammen.

»Lass mich«, sagte er, »ich bin wieder dran.«

Mit dem Blick erteilte sie ihm die Erlaubnis. Langsam watete er vor ihr, der Wind blies ihm ins Gesicht, seine Füße schlurften wie die eines Betrunkenen.

»Ich wünschte, ich hätte Schneeschuhe«, sagte sie in seinem Rücken.

»Ja, ich auch.«

»Oder Ski.«

»Wie wäre es mit einem Schneefahrzeug? Wäre das nicht toll?«

»Heißer Kaffee«, sagte sie. »Damit wäre ich schon zufrieden.«

»Mit einem Schuss Brandy – oder Kahlúa. Wie wär's mit Kahlúa?«

Der Wind frischte auf. Sie erwiderte nichts. Nach einer Weile fragte sie, ob er glaube, dass es noch weit sei, und er blieb stehen und drehte sich zu ihr um. In seinen Fingern pochte es, seine Beine waren taub. »Ich weiß es nicht – es kann nicht mehr sehr weit sein.«

»Wie weit, meinst du, sind wir gegangen? Seit sich die Straße gegabelt hat.«

Er zuckte die Achseln. »Ein paar Meilen vermutlich, oder?«

Sie kniff die Augen gegen den Wind zusammen und fuhr sich mit der behandschuhten Hand über die Nase. »Weißt du, woran der Glyptodont zugrunde gegangen ist?«

Er schlang die Arme um sich und sah sie an, der vom Wind verwehte Schnee sammelte sich an seinen Beinen.

»An Dummheit«, sagte sie, und dann gingen sie weiter.

Gegen Ende, als der Himmel wahrnehmbar nächtlich wurde und die Raben auf ihren verborgenen Sitzplätzen krächzten, klagte sie über Taubheit in Fingern und Zehen. Keiner von beiden hatte seit Langem etwas gesagt – Sprechen war überflüssig, Energieverschwendung angesichts dessen, was sich als größere Prüfung erwies, als sie sich hatten vorstellen können –, und er sagte nur, dass es ihm leid tue, sie in die Sache hineingezogen zu haben, und versicherte ihr, dass sie bald da wären. Der Schneefall hatte den ganzen Tag nicht nachgelassen – wenn überhaupt, dann schneite es jetzt perverserweise noch heftiger –, und je höher sich die Verwehungen vor ihnen auftürmten, umso langsamer kamen sie voran. Vor einer Weile waren sie stehen geblieben und hatten den letzten Powerriegel gegessen, und sie hatte noch so viel Energie aufgebracht, um ihm die Geschichte der letzten Wandertaube zu erzählen, die im Zoo von Cincinnati gestorben war, vom letzten, in diesen Bergen erschossenen Wolf, vom Auerochsen und Riesenfaultier und von einem halben Dutzend anderer armer, dem Untergang geweihter Geschöpfe, die auf dem Weg in die Vergessenheit an ihnen vorbeizogen, während er insgeheim ihre eigenen Chancen kalkulierte. Menschen erfroren hier draußen, so viel wusste er. Wanderer, die sich in widerhallenden Schluchten verirrten, Motorschlittenfahrer, die neben ihren kaputten Maschinen auf Rettung warteten, die Pechvögel und Unvorbereiteten. Aber sie hatten sich nicht verirrt, sagte er sich immer wieder – sie waren auf der Straße, und es war nur einer Frage der Zeit und der Anstrengung, bis sie die Jagdhütte erreichten. Kein Grund, sich Sorgen zu machen. Überhaupt keiner.

Sie ging vor ihm, machte die Spur, der Schnee bauchhoch.

»Sie sind nicht nur taub«, sagte sie, ihr Atem hing in der Luft hinter ihr. »Sie brennen. Sie brennen fürchterlich.«

Es wurde dunkler. Er ging weitere fünf

Schritte und blieb stehen. »Vielleicht sollten wir anhalten«, sagte er und atmete so heftig, dass es sich anfühlte, als würde seine Lunge umgestülpt. »Nur für ein paar Minuten. Ich habe eine Plane im Rucksack, und wir könnten sie über uns ziehen. Wenn wir aus dem Wind gehen, können wir –«

»Was?« Sie drehte sich zu ihm um, ihr Gesicht wutverzerrt. »Wir können was – erfrieren? Ist es das, was du willst?« Der Schnee verschluckte sie. Alles, sogar die Baumstämme, verblasste zu Farblosigkeit. Er wusste nicht, was er tun sollte. Er war derjenige, der den Fehler begangen hatte, und es gab keine Möglichkeit, ihn zu korrigieren, aber dennoch, begriff sie nicht, dass er sein Bestes tat?

»Nein«, sagte er, »das will ich nicht. Ich meine, wir könnten Energie tanken – es kann nicht mehr sehr weit sein –, und ich könnte deine Füße wärmen. Auf meiner Brust, unter meinem Parka – soll man das nicht tun? Fleisch auf Fleisch?«

Sie riss die Brille herunter, und ihre ganze Schönheit blitzte auf, eine verwahrloste und aufsässige Schönheit. Sie presste die Lippen zusammen, ihr Blick bohrte sich in ihn. »Bist du verrückt? Ich soll meine Stiefel ausziehen? Hast du den Verstand verloren?«

»Ontario«, flüsterte er, »hör mal, komm her, bitte.« Und er schlurfte vorwärts, um sie in die Arme zu nehmen und sie an sich zu drücken, um zumindest das zu haben, menschliche Wärme und Trost, und sich anschließend auf kummervolle Weise erleichtert zu fühlen, als die Luft plötzlich von einem Dröhnen erfüllt war und sie sich beide umwandten und das zyklopische Auge eines Motorschlittens durch die Schneewehen auf sich zurasen sahen.

Ein Augenblick, und es war vorbei. Der Motor kreischte, dann hatte der Fahrer sie gesehen, nahm den Fuß vom Gas, und das Fahrzeug kam knapp vor ihnen zum Stehen. Der Fahrer schob seine Schneebrille nach oben. Sein Bart war vereist. Die Abgase erfüllten die Luft und blieben darin hängen. »Herrgott noch mal«, sagte er und wich ihren Blicken aus, »beinahe hätte ich euch überfahren. Habt ihr euch verirrt, oder was?«

Er hätte bleiben können, wo er war, er hätte warten können, während der Mann mit der Schneebrille Ontario in die Jagdhütte brachte und zu ihm zurückkehrte, aber er stapfte weiter, es war jetzt eine Frage des Stolzes, das ungläubige Lachen des Mannes klang ihm noch in den Ohren. *Sie wollen sagen, dass Sie die Nebenstraße heraufgefahren sind? Bei diesem Wetter? Oh, Mann, Sie sitzen wirklich in der Scheiße.* Er war nicht einmal mehr eine Meile von der Hütte entfernt, als der Motorenlärm die Nacht zerriss und der Scheinwerfer ihn erfasste. Dann waren da nur noch der Wind und die Abgase und das vorbeiziehende helle Band des bedeutungslosen Schnees.

Sie saß neben dem Kamin, die Stiefel ausgezogen und eine Tasse Kaffee in den Händen, als er sich durch die Tür schleppte, heftig zitternd vom letzten Stück des windgepeitschten Marsches durch die Schneewehen. Ihr nasser Parka war über den Stuhl neben ihr geworfen, und einer ihrer Fäustlinge lag eingerollt auf dem Boden unter dem Stuhl. Eine Gruppe Männer in karierten Hemden und Daunenwesten saß vor großen Drinks an der Bar und unterhielt sich lauter als der Sturm draußen, und eine kleinere Gruppe scharte sich um Ontario, drängte sich mit Einsichten auf über die Ratsamkeit, im Winter die Nebenstraße heraufzufahren, und gab zu bedenken, dass man sich zu dieser Jahreszeit nirgendwohin begeben sollte ohne Schneeschuhe, GPS-Ortungsfunk und die angemessene Ausrüstung, um ein Zelt aufstellen und Feuer machen zu können für den Fall, dass man aufgehalten wurde. Sie habe Glück gehabt, sagten sie, ganz zu schweigen davon, dass sie verrückt sei. Ja, das war die verrückteste Geschichte, die sie je gehört hatten. Und alle – ausnahmslos alle – wandten den Kopf, um ihn anzusehen, als er zum Kamin humpelte.

Jemand gab ihm etwas Heißes zu trinken, und er versuchte, kein Spielverderber zu sein, versuchte, dankbar und demütig zu sein, als sie sich um ihn scharten und ihn spöttisch beglückwünschten, dass er es geschafft hatte. »Sie sind ein Schneemarathonläufer, stimmt's?«, grölte ihm einer ins Gesicht –, aber Demut war noch nie seine Stärke gewesen, und je länger sie so weitermachten, umso wütender wurde er. Und sie machten weiter, er und Ontario der Spaß des Abends, Drinks wurden weitergereicht, das Feuer knisterte, an der Bar bediente jetzt eine Frau, stämmig und herzlich und lauter als die Männer, bis schließlich der Besitzer durch die Tür kam, Schnee in den Augen, um des Wunders ansichtig zu werden. Es war ein großer Mann, bärtig wie alle anderen auch, sein Gesicht strahlte vor Vergnügen, Besitzer der Big-Timber-Jagdhütte und König all dessen, was er überblickte. »Hallo und willkommen!«, rief er mit heiserer, zu lauter Stimme, schritt durch den Raum zum Kamin, vor dem Zach zusammengesackt und bibbernd neben Ontario saß. Er ließ sich Zeit, beugte sich vor, um bedächtig in den Kohlen zu stochern. »Wie ich höre, habt ihr beiden heute eine kleine Wanderung gemacht.«

Zach wurde rot. Gelächter setzte ein und verebbte. Ontario saß über den Kaffee geneigt da, als das Feuer kurz aufloderte und sich wieder beruhigte. Vor den Fenstern war es jetzt dunkel, der Schnee nur noch eine Kollision von Partikeln, getrieben durch den Lichtschein einer Lampe, die an den Stamm eines der massiven Bäume neben dem Parkplatz genagelt war. »Ja«, sagte Zach, blickte auf in das Gesicht des Mannes und gestattete sich ein halbes Lächeln, »einen kleinen Spaziergang.«

»Aber ihr seid in Ordnung, oder – beide? Braucht ihr etwas – Abendessen? Wir können euch ein Abendessen machen, heute gibt's die ganze Speisekarte.«

Zum ersten Mal sprach Ontario. »Abendessen wäre gut«, murmelte sie. Das Haar zerzaust und nass, das Gesicht bleich. »Wir haben seit gestern Mittag nichts mehr gegessen.«

»Außer Dörrfleisch«, mischte Zach sich ein, nur fürs Protokoll. »Und zwei Powerriegeln.«

Der große Mann richtete sich auf. Er strahlte sie an, sein Blick sprang von Zach zu Ontario und wieder zurück.

»Gut«, sagte er und rieb sich die Hände, als wäre er gerade vom Grill zurückgetreten, als wären die Steaks schon gewendet und die Kartoffeln bräunten in der Pfanne, »sehr gut. Macht es euch bequem, und wenn ich noch was für euch tun kann, dann schreit einfach.« Er hielt inne. »Ach, übrigens«, fuhr er fort und neigte sich vor, um sich auf die Rückenlehne eines Stuhls zu stützen, »wisst ihr schon, wo ihr heute Nacht unterkommt?«

Das Feuer knisterte und sprühte Funken. Alles entspannte sich jetzt. Zach führte den Becher an den Mund und spürte den heißen Kaffee wie eine Kugel in der Kehle. Er sah Ontario nicht an, tätschelte ihr nicht die Hand und schlang nicht den Arm um ihre

Schultern. »Wir werden ein Zimmer brauchen«, sagte er und schaute zu dem Mann auf, und in diesem kurzen Augenblick hörte er das leise Schlagen der Flügel und das Auftreten der Pfoten und das seit Langem dem Untergang geweihte Trommeln der Hufe, bevor Ontario ihn korrigierte.

»Nein«, sagte sie. »Zwei Zimmer.«

Elke Heidenreich

Rudernde Hunde

Karneval, bitterkalt, ich glaube, es war 1982. Ich glaube sogar, es war der Rosenmontag. Walter und ich waren tatsächlich auf einem Kostümfest gewesen, selten genug, wir hassten den Karneval, aber um ihn wirklich zu hassen, muss man ihn ja schließlich auch mal mitgemacht haben. Walter trug ein Bärenkostüm, ich ging als Panzerknacker in Gestreift mit Nummer auf der Brust und Pappkugel am Bein. Wir kamen um Viertel nach eins in der Nacht nach Hause, leicht angetrunken, verfroren, es schneite wieder. Ich freute mich auf ein letztes Glas Sekt in der warmen Badewanne und auf mein Bett.

Aber es kam anders. An diesem Abend sollten Heinz und Fritz in mein Leben treten.

Wir fanden auf der Matte zu unserer Wohnung einen Zettel der Nachbarin, die während unserer Abwesenheit nach dem Hund geschaut hatte und auch einmal mit ihm rausgegangen war.

»Telefon hat geklingelt«, schrieb sie, »ein

Albert aus Paris. Er fährt mit dem Orientexpress heute Nacht nach München, und sein Zug hat genau um zwei Uhr drei eine Minute (1 Minute!) Aufenthalt hier. Ihr sollt bitte unbedingt an den Zug kommen, es wäre wahnsinnig wichtig.«

Das war noch nicht die Zeit der Handys. Der Zug von Paris nach München war jetzt unterwegs, Albert saß drin und würde in weniger als einer Stunde eine einzige Minute auf unserm Bahnhof sein. Was tun?

Albert war mein ältester und bester Freund. Gut, er war mehr als ein Freund gewesen – ich hatte einige Zeit mit ihm zusammengewohnt, das Bett mit ihm und seinem Labrador Willi, das Bad mit ihm und seinem grünen, zahmen Leguan Theo, die Küche mit ihm und dem Kakadu Ernst-August geteilt. Es war ein chaotischer Haushalt, es war eine chaotische Zeit gewesen, und wir hatten uns, glaube ich, sogar ein bisschen geliebt. Aber ich bin wegen des Chaos dann doch eines Tages ausgezogen, nur um zu merken, dass mich diese Zeit mit Albert auf ewig für bürgerliche Lebensumstände mit Schrankwand, Sitzgruppe, Auslegeware, Ordnung, Sauberkeit und Frische verdorben hatte. Ich war in all dem Durcheinander sehr glücklich gewesen, aber das habe ich erst hinterher gemerkt.

Walter liebte die Ordnung, vor allem auf seinem Schreibtisch und in der Küche war sie ihm unerlässlich. Albert gegenüber war Walter freundlich, auch nicht nachträglich eifersüchtig, aber doch etwas reserviert. Albert, behauptete er, unterstütze meine fatale Neigung zu überbordender Phantasie, zu Leichtlebigkeit und Durcheinander in Haus und Kopf, und er kam nicht darüber hinweg, dass Albert mir nie die zweitausend Mark zurückgegeben hatte, die ich ihm – noch vor dem Zusammenleben mit Walter! – geliehen hatte. Dabei war es mein Geld gewesen, nicht seines, und ich mochte Albert nicht daran erinnern, denn er war mit mir immer großzügig gewesen und es hatte oft genug schon zum Frühstück Champagner und statt Mittagessen teure Trüffeltorte gegeben, und er hatte immer alles bezahlt. Also konnte ich ihm aus einer momentanen Notlage sehr wohl auch einmal heraushelfen, ohne das Geld gleich wieder einzuklagen. Für Walter waren das sogenannte undurchsichtige Verhältnisse, und als er mich einmal an einem leichtsinnigen Abend gefragt hatte, ob wir nicht heiraten sollten, hatte ich schaudernd gedacht: Das wären dann durchsichtige Verhältnisse!, und hatte NEIN gesagt. Seitdem hatten wir darüber nie wieder gesprochen.

Albert sah ich nur selten, wir telefonierten manchmal, und nun hatte er also angerufen, mitten in der Nacht. Es war völlig klar: Er brauchte uns, mich, er war in Not.

»Er ist krank«, sagte ich, »er musste unbedingt auf diesen Zug, aber er ist krank. Er hat Schmerzen, Fieber, ihm ist schlecht. Er braucht Aspirin. Er braucht heißen Tee, er braucht ein Antibiotikum, er braucht Halspastillen und Hustensaft.«

»Grundguter Himmel«, sagte Walter, »mach doch nicht so ein Theater. Krank! Was der braucht, ist wahrscheinlich Geld. Er wird in Paris alles rausgehauen haben und sitzt jetzt pleite im Zug und kann morgen früh nicht mal das Taxi zahlen. Der braucht Geld, sonst braucht der gar nichts.«

Ich zog es vor, darauf lieber nicht zu antworten, und band mir die Kugel vom Bein. Schluss mit Panzerknacker, jetzt war Fürsorge gefragt.

»Zahnschmerzen«, sagte ich, »er hat vielleicht Zahnschmerzen und braucht Zahnschmerztabletten, nach denen man schlafen kann, Dolomo Nacht, die blauen.«

Albert hatte ein prächtiges Gebiss, aber man weiß ja nie, und Walters Zähne bröckelten täglich schmerzhaft vor sich hin, Zahnschmerztabletten hatten wir immer im Haus, also, warum nicht, vorsichtshalber? Ich begann eine Tasche zu packen. Aspirin, Hustensaft, Dolomo, ich kochte Tee und füllte ihn in die Thermoskanne, und eine Wärmflasche präparierte ich auch. Walter saß im Bärenkostüm, allerdings jetzt ohne Kopf, am Tisch und sah mir zu.

»Sonst noch was«, sagte er verächtlich.

»Ich war mal in einem Zug ohne Heizung, von Bonn bis Wien«, sagte ich, »das ist furchtbar, man friert sich tot. Vielleicht ist keine Heizung in seinem Zug«, und aus Trotz holte ich noch die blaue Wolldecke, die Walter besonders gern mochte. Er kniff die Lippen zusammen und sagte nichts.

Ich plünderte den Apothekenschrank im Bad und legte Hansaplast und Wundsalbe in die Tasche, nur die Tabletten gegen Menstruationsschmerzen ließ ich liegen.

Der Hund steckte seine Nase in die Tasche, wedelte mit dem Schwanz und freute sich darüber, dass es nun wohl bald auf Reisen ging. Er sah das Leben immer eins zu eins, und er nahm alles, was sich ereignete, als günstige Wendung für sein Hundeleben an. Er war ein sehr törichter Hund, aber ich liebte ihn nun mal. Er hieß eigentlich Purzel, aber Walter nannte ihn Kuno und versuchte, ihm »Sitz! Platz! Fuß!« beizubringen, bis jetzt aber vergeblich. Ich hatte Purzelchen aus dem Tierheim geholt, als ich noch allein war, und Walter konnte sich zuerst ein Leben mit einem Tier gar nicht vorstellen. Aber dann sah er in ihm eine Aufgabe und fand, ein Hund müsse in erster Linie mal parieren. Der Meinung war ich gar nicht, ich dachte, ein Hund müsste in erster Linie dafür sorgen, dass Pfotentapsen auf allzu ordentliche Teppiche und Haare auf keimfreie Sofas kämen und dass Post und Schuhe ein bisschen angeknabbert würden. Aber das sagte ich natürlich nicht.

Albert war Antiquitätenhändler, immer unterwegs nach schönen Dingen für seinen Schwabinger Laden. Vielleicht hatte er sich an einem alten Möbel verletzt, geklemmt, geschnitten – er brauchte Schmerztabletten aller Art, Mullbinden, Watte, Jod, reinen Alkohol. Wir waren gut ausgestattet.

»Vielleicht gibt es in dem Zug nichts zu essen«, überlegte ich und schmierte vier dicke Butterbrote und belegte sie mit Salami und Käse. Walter nahm sich ein Salamibrot und biss hinein. »Ich habe auch Hunger«, sagte er mürrisch, »falls das irgendwen interessiert.«

Dem Hund tropfte der Speichel aus dem Maul auf den Küchenboden, bis mir ein Stück Salami wie zufällig aus der Hand rutschte und ihn glücklich machte. Walter verkniff es sich zu sagen: »Der Hund soll am Tisch nicht gefüttert werden!«, und ich rechnete ihm das irgendwie als Pluspunkt an. Pluspunkte, fand ich, brauchte er jetzt dringend. Ich wickelte die Brote gut ein, legte das, was wir an Äpfeln, Schokolade, Mandarinen hatten, noch dazu. Die Tasche war fast voll. Wir hatten noch knappe zwanzig Minuten Zeit, und ich dachte nach.

»Vielleicht will er dir ja endlich die zweitausend Mark zurückgeben«, sagte Walter. Ich antwortete darauf nicht, ging suchend durch die Wohnung und packte aktuelle Zeitungen, ein spannendes Buch, Zigaretten, Streichhölzer in die Tasche.

Was konnte ein Mann, der nachts in Not anrief, noch brauchen? Ich stattete den kleinen Kassettenrecorder mit frischen Batterien aus, legte die Kopfhörer dazu und ein paar Kassetten mit Mozart, Bach und Deep Purple, Smoke on the water and fire in the sky, und Walter sagte: »Das siehst du alles nie wieder.«

Um Viertel vor zwei war ich gerüstet. Ich ging noch einmal alles durch, was ich eingepackt hatte, und siehe, es war gut.

»Was ist«, fragte ich Walter, »gehst du mit oder nicht?«

Mit dieser Entscheidung hatte er schon die ganze Zeit gekämpft. Einerseits hatte er überhaupt keine Lust, in der kalten Nacht noch zum Bahnhof zu fahren. Andererseits wollte er mich so allein auch nicht ziehen lassen, und wer garantierte denn, dass ich nicht in den Zug stieg und …

»Der Hund muss sowieso noch mal raus«, sagte er, stand auf und nahm die Leine.

Kuno-Purzel tobte übermütig herum und freute sich, ich nahm die prallvolle Tasche und zog den Mantel über mein Sträflingskostüm.

»Dann los«, sagte ich. Wir schlossen die

Wohnung ab, der Hund sprang glücklich vor uns die Treppe hinunter und hüpfte ins eiskalte Auto, und dann fuhren wir zum Bahnhof, der Hund, der Bär und der Sträfling, in bitterer Kälte, bepackt mit einer Tasche, die alles enthielt, was ein einsamer Mann in einem nächtlichen Zug eventuell brauchen konnte. Sogar eine Flasche Bordeaux und unseren einzigen Korkenzieher hatte ich hinter Walters Rücken noch rasch dazugeschmuggelt.

Der Zug war pünktlich. Frierend sahen wir ihn einfahren, zitternd vor Kälte und vor Spannung. Ich stand da mit der Tasche, Walter hielt den Hund, befahl: »Sitz!«, und knurrte: »Wenigstens ist er pünktlich, mal was Neues!«, so als würde Albert den Zug persönlich fahren und selbst für den Fahrplan verantwortlich sein.

Der Orientexpress kam mit kreischenden Bremsen um zwei Uhr drei zum Stehen. Außer uns war niemand zu dieser Stunde auf dem Bahnsteig. Ein Mann stieg aus. Die meisten Fenster waren dunkel. Walter überblickte die rechte, ich die linke Seite.

»Da«, sagte er und deutete mit dem Kinn zu einer offenen Tür, und ich rannte los.

Albert stand mit einem nachtblauen Morgenrock mit Sternenmuster in der Tür seines Schlafwagens und winkte. Ich lief auf ihn zu, umarmte ihn, er war warm, roch verschlafen und so gut wie damals, und er lachte. Er sah nicht aus wie jemand, der in einem eiskalten Zug mit zerquetschten Fingern zahnschmerzkrank verhungert, verdurstet und erfriert.

Der Hund sprang an ihm hoch und leckte ihm die Hände ab, und Albert sah uns entgeistert an und zeigte auf Walters Bärenkostüm.

»Wie seht ihr denn aus?«, fragte er, und Walter sagte: »Es ist Karneval, wie du vielleicht gehört hast.«

»Aber so viel Verkleidung nur meinetwegen, das war doch gar nicht nötig«, sagte Albert, und ich drängte ihm die Tasche auf. »Nimm! Es ist ist alles drin, Tee, Tabletten, Geld, Wärmflasche«, und Walter sagte kurz und scharf: »Ach, Geld auch?«

Ich überging das und ärgerte mich, dass ich mich verplappert hatte, denn natürlich hatte ich noch schnell hundert Mark zwischen die Butterbrote geschoben, als Walter nicht aufgepasst hatte. »Was ist los, Albert«, fragte ich, »warum hast du angerufen?«

»Nichts ist los«, sagte Albert, »ich hab dem Schlafwagenschaffner zwanzig Mark gegeben, damit er mich weckt. Ich hab dir aus Paris etwas mitgebracht, das wollte ich dir persönlich geben. Man kann so was nicht schicken, ich muss unbedingt sehen, wie du guckst.«

Und aus seiner Morgenrocktasche zog er einen winzigen Gegenstand. Es war eine kleine Skulptur aus bemalter Bronze, zwölf Zentimeter lang und drei Zentimeter hoch, wie ich heute weiß, denn ich habe nachgemessen. Sie stellte zwei Hunde dar, die in einem Boot saßen und ruderten. Die Hunde hatten kleine eckige Köpfe mit etwas abstehenden Schlappohren. Sie waren gleich groß, beide weißbraun gefleckt, und sie saßen, die Ruder in den Pfoten, hintereinander auf den kleinen Ruderbänken, von denen ihre Stummelschwänzchen abstanden. Der vordere Hund sah arglos aus, aber der hintere schaute dem vorderen starr und eindeutig böse in den Nacken.

»Das«, sagte Albert, »habe ich in Paris gefunden. Ist das nicht unglaublich? Der vorne heißt Fritz, der hinten Heinz. Wenn ihr genau hinguckt, seht ihr, dass Fritz mit der Frau von Heinz was hat, aber er denkt, Heinz wüsste es nicht. Heinz weiß es aber doch, und irgendwie passiert da bald was.«

Der Stationsvorsteher pfiff. Albert zog fröstelnd den Morgenrock zusammen, ich hielt die Tasche hoch und fragte: »Brauchst du denn gar nichts? Butterbrote? Musik? Wein?«

Albert winkte ab, lachte, sah mich an. Ich stand da mit den rudernden Hunden in meiner Hand und konnte mich nicht sattsehen.

»Ich wusste es«, sagte Albert zufrieden, tätschelte noch einmal Kunos Kopf, sagte »Adieu, Purzelchen!«, und schlug dann die Tür zu. Er grinste hinter der Scheibe. Walter rief: »Er heißt Kuno!«, und Albert winkte ab und nickte, jaja, Kuno.

Der Orientexpress fuhr ab. Ich sah auf Heinz und Fritz und sagte: »Gleich brennt er ihm allein mit Blicken ein Loch in den Hals.«

»Albern«, sagte Walter. »Dafür lässt er uns antanzen, mitten in der Nacht.«

Wir fuhren nach Hause, tranken noch ein Glas Bordeaux, und Heinz und Fritz standen vor uns auf dem Tisch. Sie ruderten. Noch. Aber ich wusste, dass der Tag kommen würde, an dem Heinz dem vorn sitzenden Fritz mit dem Ruder eins drüberziehen würde. Den Tag wollte ich nicht verpassen. Bronze, wir wissen es, kann schmelzen. Man muss nur Geduld haben.

Walter hat inzwischen geheiratet und bringt seinem Sohn vielleicht »Sitz! Platz! Fuß!« bei, wer weiß. Purzelchen ist bei mir geblieben und schläft in meinem Bett, am Fußende. Auf dem Nachttisch stehen Heinz und Fritz, und manchmal ruft Albert an und fragt: »Na, ist schon was passiert?«

»Abwarten«, sage ich dann, »noch rudern sie.«

Kim Småge

Das Weingeheimnis

Wein befreit den Menschen
von seiner kühlen Denktätigkeit
und offenbart seine innere Wärme
und sein wahres Wesen.
frei nach Dionysos

Vor etlichen Jahren gehörte ich einer Jury an, die den besten Roman im Genre Krimi und Spannung auswählen sollte. Die Manuskripte strömten herein, und als das letzte gelesen war, hatte ich den Eindruck gewonnen, dass Tafelfreuden und Mord zusammengehören. Nicht notwendigerweise weil Essen und Wein den Tod brächten. Aber zu all diesen eleganten Morden gesellten sich unweigerlich Speis und Trank. Und kein beliebiger Trank! Helden und Schurken tranken keine Buttermilch und keine Vollmilch, weder Limonade noch Cola oder Wasser. Helden und Schurken tranken Wein. Aber sie kippten sich den Wein nicht hinter die Binde, um davon in Stimmung zu kommen. Wenn sie ihre Sorgen ertränken wollten, dann griffen sie zu Bourbon, Whiskey und Wodka, und zwar an einem Tresen mit einem Barmann, der sie verstand – Runde um Runde – und ihnen ins wartende Taxi half, wenn der Abend ein Ende nahm, die Beine nicht mehr gehorchten, die Aussprache stockte und der Held ins Bett gesteckt werden musste. *Wein* dagegen spielte in den Manuskripten eine ganz andere Rolle. Er diente dem Genuss.

Ich fühlte mich von diesen Szenen total provoziert. Von diesen endlosen Mahlzeiten mit allerlei Weinsorten, die gekostet und geschmeckt und gegurgelt und kommentiert werden mussten. Ich kam mir vor wie im Kurs *The Noble Art of Vine Tasting*.

Was ich als Mädel aus der Neubausiedlung an Wissen über Rotwein mitbekommen hatte, war folgende Aussage: »Huch, saurer Rotwein!«. Weißwein wurde nie erwähnt. An einem Sommerabend, als die Frauen strickend auf den Bänken saßen und sich die Männer mit Schach die Zeit vertrieben, hatte ein Steward, der im Haus wohnte, eine Flasche Weißwein spendiert. Ich glaube, die Beschenkten wollten doch lieber Kaffee trinken. In meiner Umgebung hatten diese langhalsigen grünen oder blanken Weinflaschen einfach keine Tradition. Sie gehörten in eine andere Welt.

Ich bitte alle Weinkenner, mir zu vergeben, aber ich trinke wirklich gerne Wein – vor allem Rotwein. Und ich esse gerne Räucherlachs. Und es ist nicht mein Problem, dass die Kellner erbleichen und »Verzeihung?« fragen, wenn ich gut temperierten Rotwein und gut geräucherten Lachs bestelle.

Da saß ich nun also, mit Tausenden von Manuskriptseiten, auf denen es neben Morden und deren Aufklärung vor allem um Essen und Trinken ging.

Ich versuchte neutral zu sein, professionell, und keinen Autor zu nominieren, nur weil Held oder Schurke Grütze, Hering und Knäckebrot aß und Sauermilch trank.

Ich versuchte meinen Kopf auf null zu schalten. Es lagen doch recht viele Jahre zwischen meiner Jugend und der »Rotwein schmeckt sauer«-Erfahrung und meiner jetzigen Situation. Wirklich viele Jahre. Aber als ich zurückspulte und mich bemühte, WEIN zu denken, wurde ich ein wenig verlegen. Denn Rotwein für mich als Erwachsener bedeutete brennende Kerzen, eine Flasche beliebigen Weins, ein Zimmer mit Sofa und eine aufkeimende Liebschaft. Ziemlich banal also. Ich kann mich jedenfalls nicht daran erinnern, dass wir am Korken geschnuppert oder den Wein in eine Karaffe dekantiert oder ihn in den passenden Gläsern serviert hatten. Wir tranken vor allem aus für Studenten typischen Senfgläsern.

Aber ich bin nun einmal ein neugieriges Wesen und mein Entschluss stand fest. Ich wollte den Weinkennern (sprich den Manuskriptverfassern) ihr Wissen über die verschiedenen Weinsorten entreißen.

Die Dame im Weinladen fand mein Vorhaben lustig. Ich erzählte von seriösen Weinproben, und sie versah mich mit Weinen von den preislichen Leichtgewichtsklassen bis zu den wirklichen Schwergewichten. Letztere rissen ein tiefes Loch in meine Brieftasche.

Ich transportierte die Weinflaschen durch die vereisten Straßen, stehend, nicht liegend. Denn so verhält sich eine echte Önologin trotz der Rutschgefahr. Liegender Transport zerstört irgendwas. Ich hatte mir von Bekannten die vorschriftsmäßigen Trinkgefäße ausgeliehen, so echte, nach innen gebogene Weingläser. Beim Dekantieren war ich mir nicht mehr so sicher. Die einen sagten, der müsse dekantiert werden, die anderen, das sei nur Unsinn. Aber alle stimmten überein, was das Lüften betraf. Mindestens dreißig Minuten müsste der Wein gelüftet werden. Bei Zimmertemperatur. Und damit ist keine normale Wohnzimmertemperatur gemeint, die liegt viel zu hoch. Zimmertemperatur bedeutet in der Weinsprache für Rotwein achtzehn Grad. Und versuchen Sie bloß nicht, die Flasche am Heizkörper oder unter dem Heißwasserhahn anzuwärmen, das wäre ein Sakrileg. Ich beging kein Sakrileg. Ich hielt mich an die Vorgabe der Manuskripte; ich kaufte den Wein zwei Tage vor der Probe und ließ ihn in Ruhe liegen und vor sich hin temperieren.

Vor mir stand die ganze Flaschenbatterie aufgereiht. Ein schöner Anblick. Ich duschte jeden Morgen mit unparfümierter Seife, ich benutzte keinerlei Spray, das Geruch oder Geschmack beeinträchtigen könnte, wenn der MOMENT DES KOSTENS gekommen war. Ich verzichtete am Vorabend des großen Tages sogar auf meine Abendzigaretten.

Das Problem war, dass das Ganze vormittags stattfinden sollte. Denn vor zwölf sind die Geruchs- und Geschmacksnerven besonders aufnahmefähig. Schöner wäre es eigentlich, dabei zu mehreren zu sein. So könnte man auch ein präziseres Resultat erzielen. Ich rief also alle Freunde und Bekannte an. Einer arbeitete in der Schule – hatte Unterricht; eine arbeitete bei der Gemeinde – hatte Besprechung; einer arbeitete im Kindergarten – große Verantwortung; eine arbeitete in der Zeitungsredaktion – hatte Deadline. Niemand konnte sich an einem Mittwochmorgen vor Weihnachten einer Weinprobe widmen. Ich musste mich also auf mich selbst verlassen.

Alles ging gut. Ich stand früh auf. Ich ließ meine Katze nach draußen in den Schnee, ging gleich nach Ladenöffnungszeit zum Bäcker und kaufte Weißbrot. Und Mineralwasser. Wichtige Zutaten zu der Seance, die nun folgen sollte.

Alles war unter Kontrolle. Ich ging mit Andacht und Neugier zu Werk. Ich sehnte mich danach zur Eingeweihten zu werden. Etwas von dem Prozess zu begreifen, den rote und blaue Trauben durchlaufen müssen, ehe sie in Flaschen landen und in Gläsern serviert werden.

Ich ging überaus sorgfältig vor. Hielt das Glas am Stil, nahm den Wein in den Mund. Zuerst den billigen Wein. Spuckte aus nach Weinkennerinnenmanier. Kaute ein Stück Weißbrot. Machte mit einem teueren Wein weiter. Mehr Weißbrot. Einen Schluck Mineralwasser. Nächster Wein. Ich schnupperte und gurgelte, kostete und schmatzte, notierte: »Dieser Wein hat meine Zähne ausgetrocknet, dieses Miststück. Zu viel Gerbsäure.« Und spuckte aus. Versuchte, das LICHT zu sehen. Aber ich sah weder LICHT noch Nationalität, Bodenbeschaffenheit, Hanglage, Traubensorte, die Ahnen der Winzer bis zurück zu Karl dem Großen, Jahrgang oder …

Es schmeckte nach Wein. Ganz einfach. Nach Rotwein. Die exaltierten Darstellungen in den Manuskripten trafen nicht zu, sie stimmten nicht. Mir erzählte der Wein rein gar nichts über die Geschichte der Winzer, über gute und schlechte Jahre, über mit Fuß- oder Maschinenarbeit gekelterte Trauben und alles andere, was ich doch erfahren, entlarven, erfassen sollte.

Am Ende vergaß ich, die Kostproben auszuspucken. Stellte fest, dass eine Erkenntnis ewig wahr bleibt. Wein bedeutet Rausch. Wein bedeutet brennende Kerzen, Umarmungen und eine aufkeimende Liebschaft. Oder Gemütlichkeit unter Freundinnen, die nach und nach samt ihren Problemen unter dem Sessel landen.

Ich saß am hellichten Vormittag mutterseelenallein da und spielte inmitten von Weihnachtsstress die Weinkennerin. Und das war ein Fehler. Kann mir denn irgendwer verdenken – so teuer, wie meine Weinprobe war –, dass ich nicht nur schnupperte und mit den Weintropfen gurgelte, dass ich sie nicht nur auf meiner Zunge herumrollen und in meinen Mund Purzelbäume schlagen ließ? Sondern dass ich, statt auszuspucken, hinunterschluckte? Das tat ich nämlich. Schluckte hinunter. Schluck für Schluck. Weil es so schrecklich traurig war an diesem verschneiten Morgen, so ganz allein zu sein. Fast zum Heulen.

Ich war, als ich wieder zu mir kam, von meinen Notzien absolut begeistert. Auf dem großen, weißen Bogen standen Wörter wie: »Herausfordernd, reich, harmonisch, hart, robust, behaglich, füllig, durchschnittlich, fein, rund, samtweich, volltönend, klein, kurz«. Ist es da noch ein Wunder, dass ich, als ich kurz vor den Abendnachrichten erwachte, auf der Suche nach einem Mitmenschen, auf den all diese Adjektive zutrafen, auf dem Boden herumkroch? Ich konnte keinen finden. Ich fand nur einen Tisch mit halb vollen Weinflaschen und verdreckten Kristallgläsern mit Lippenstiftflecken auf einer fleckigen Damastdecke. Woraufhin ich aufgab. Ich goss alle Weinreste, teure wie billige, in einen großen Topf. Gab Zimt und Zucker, Kardamom und Pfeffer dazu und machte GLÜHWEIN. Meinen eigenen, über alle Rezepte erhabenen Glühwein. Ich rief alle Freunde an. Und dann gab es heißen Weihnachtspunsch!

Jan Weiler

Der Nikolaus ist da!

Höchstwahrscheinlich war das Saras Idee. Bestimmt hat sie mich vorgeschlagen, den Nikolaus im Kindergarten zu machen. Kann mir genau vorstellen, wie das gelaufen ist. Die rauen Frauen, mit denen sie dort einmal pro Monat zusammensitzt, um zu erörtern, wo bei den Kindern die Grenze zwischen »lebhaft« und »asozial« verläuft, diskutierten wahrscheinlich darüber, wer von den männlichen Erziehungsberechtigten als Bischof am besten geeignet wäre. Und meine zauberhafte Frau hat dann gesagt: »Das kann ruhig mal mein Mann machen, der macht ja sonst nix. Und außerdem muss ich immer diesen Kindergartenkäse mitmachen und er drückt sich davor, weil er insgeheim Angst vor euch hat.« Gut, den letzten Satz wird sie nicht gesagt, aber gedacht haben. Und damit hat sie nicht ganz unrecht.

Sie kam nach Hause, und ich fragte: »Na, wie war es in der Neigungsgruppe Männerhass?« Sie antwortete: »Gut, wir haben einstimmig beschlossen, dass du dieses Jahr der Nikolaus bist.«

»Was heißt einstimmig? Ich bin dagegen!«

»Aber du warst nicht da.«

»Barack Obama war auch nicht da. Müsste der das jetzt machen, wenn ihr ihn gewählt hättet?«

»Das Kostüm gibt es im Büro. Du musst es mittags abholen und dann pünktlich um 17.00 Uhr ans Fenster klopfen. Der Sack mit den Geschenken steht neben der Papiertonne. Und das Buch auch.« Das kannte ich schon: Die Eltern beklebten je eine Seite in dem großen Buch mit einer Art Zeugnis für ihr Kind. Meistens stand drin, dass der Korbi sein Zimmer schon ganz toll aufräume, jedoch bitte schön den Kopf seiner kleinen Schwester zukünftig nicht mehr im Klosett untertauchen möge. Als Nikolaus hatte ich dies mahnend vorzutragen und dann dem zauberhaften Korbi das für ihn vorgesehene Geschenk zu überreichen. Die Päckchen im Sack waren mit Namensschildern versehen. In Nicks Gruppe gab es sechzehn Kinder.

Um halb fünf zog ich mich um. Griechische Bischofsmontur, total stilecht. Allerdings roch der Bart ziemlich streng. Der Hund erkannte mich nicht und biss bellend in mein Gewand. Ich nahm dies als Kompliment für meine Verkleidungskunst, die ich mit einer ausrangierten Brille krönte. Die Gläser waren viel zu schwach. Dann setzte ich mich ins Auto. Ich parkte hinter dem Kindergarten, holte mir Sack und Buch und klopfte mit dem Bischofsstab ans Fenster. Ich rief: »Ho! Ho! Hooo!« Eine Kindergärtnerin öffnete das Fenster und rief verzückt nach hinten: »Nun guckt mal, wer da ist!« Und zu mir sagte sie leise: »Bitte nicht Ho-ho-hoo. Das ist Amischeiße. Wir sagen: ›Hallo Kinder, lasst mich ein, ich will so gerne bei euch sein.‹ Okay?« Dann öffnete sie die Tür, ich kam hineingestolpert (der Umhang, die Tür, der Sack) und rief: »Hallo. Lasst mich rein, Kinder, lasst mich rein, damit ich bei euch sein kann.«

»Das reimt sich gar nicht«, rief ein kleiner Klugscheißer, den ich rasch als die Pest aus dem Haus gegenüber identifizierte. Seine Eltern waren genauso schlimm wie er, bloß älter. Und hässlicher.

Ich setzte mich auf einen kleinen Stuhl. Mir war warm. Ich wollte nach Hause. Nachdem ich dreimal tief geatmet hatte, machte ich mir ein Bild von meinem Publikum. Sechzehn

Kinder, vier Erzieherinnen. Der Duft von Früchtetee. Mein Sohn Nick saß in der ersten Reihe und hatte vor Aufregung knallrote Wangen, soweit ich das mit der alten Brille erkennen konnte. Ich wollte gerade anfangen mit dem Buch, als die kleine Claire anfing zu weinen.

»Was'n los?«, fragte ich. »Ich habe doch noch gar nicht angefangen!?«

»Du bist so gruselig«, rief Claire, und das tat mir leid. Und außerdem stimmte es gar nicht. Ich glaube eher, da stimmt was in der Familie nicht. Da muss man mal mit dem Jugendamt hin. Meine Meinung. Egal.

»Das wird alles nicht so schlimm«, sagte ich in väterlichem Ton. Ich hob das Buch hoch, schlug es auf und brummte: »Na, woooo ist denn der kleine Finn?« Der kleine Finn hob die Hand, und ich brummte weiter: »Soosoo, du bist der Finn.«

»Nein, ich bin der Konstantin, und ich muss aufs Klo.«

Ich winkte mit meinem Bischofsstab und sagte: »Dann geh mal, mein lieber junger Freund.«

Ich blätterte in dem großen Buch, in dem alle Eltern kurze Erziehungshinweise zum

Wohle ihrer Kinder eingetragen hatten. Himmel, war das warm hier. Durst! Und der Schweiß rann in den Bart, welcher kunstvoll mit der Bischofsmütze verbunden war. Er fühlte sich an wie ein zweihundert Grad heißer feuchter Flokati. Ekelhaft.

»Dann wollen wir mal sehen«, brummte ich nikolausig. »Wer von euch ist denn nun der Finn?«

Ein kleiner blonder Bursche hob die Hand. »Eine Frage«, sagte Finn.

»Schieß los«, sagte ich jovial.

»Wo ist eigentlich dein Krampus?«

Der Krampus ist eine Art höllisches Zottelwesen und gehört zum süddeutschen Nikolaus-Brauchtum. Er sieht aus wie die Morlocks in dem Film »Die Zeitmaschine«. Häufig taucht er im Rudel auf und soll die unartigen Kinder erschrecken. In anderen Gegenden Deutschlands gibt es den Knecht Ruprecht. Er verhält sich zum Nikolaus in etwa wie Dirk Niebel zu Guido Westerwelle.

»Ich brauche keinen Krampus«, sagte ich beleidigt.

»Wenn du keinen Krampus hast, dann bist du gar nicht richtig.«

»Hast du eine Ahnung. Wenn du nicht still

bist, fresse ich dich vor den Augen deiner Kumpels einfach auf. So! Haps!«

Sofort fing Claire wieder an zu heulen. Aber darauf konnte ich keine Rücksicht mehr nehmen. Zeit ist Geld. Auch ein Nikolaus muss effizient arbeiten.

»So. Finn. Hier lese ich, dass du schon ganz toll deinen Teller abräumst und gerne mit dem Hund spazieren gehst. Das ist schön.«

»Woher weißt du das?«

»Das steht hier.«

»Und wer hat das da reingeschrieben?«

»Ist doch egal«, brummte ich.

Ich wollte die Sache nun endlich hinter mich bringen. Ich sagte: »Du musst aber auch dein Zimmer aufräumen. Okay? Nun bekommst du ein Päckchen aus dem Säckchen, und du darfst es erst öffnen, wenn ich weg bin. Ihr müsst alle warten, bis jeder eines hat.« Dazu hatte mir Sara geraten. Ansonsten würde die Aufmerksamkeit zu schnell nachlassen. Und dann kam mir eine teuflische Idee: Ich griff in den Sack, nahm ein Geschenk heraus und entfernte rasch das Namensschildchen darauf. Finn erhielt also nicht sein Päckchen, sondern irgendein Päckchen. Hähähä. Nikolausens Rache.

Ich machte weiter. Jedes Kind schimpfte ich zunächst milde und bescherte es dann mit einem Päcklein. Schließlich erhob ich mich ächzend, teilte der Truppe mit, dass ich einen schweren Bandscheibenvorfall habe, leider gesetzlich versichert sei und nun nach Hause müsse, um dort Kindersuppe zu kochen, was Claire dazu veranlasste, aufzukreischen und in den Schoß der Gruppenleiterin zu flüchten. Dann ging ich, mit dem Bischofsstab winkend. Im Hinausgehen hörte ich noch, wie der Erste rief: »Was soll ich denn mit dem Mädchenkram hier?« Dann war ich weg.

Sara holte unseren Nick eine Stunde später ab. Er war ganz zufrieden mit seinem rosa Spiegelchen, obwohl Sara ihm eigentlich eine Playmobilfigur gekauft hatte. Am nächsten Tag brachte ich Nick in den Kindergarten, und die Erzieherin bedankte sich herzlich bei mir für die wunderbare Idee, die Kinder zur Kommunikation und zum Tauschen angeleitet zu haben. Das sei pädagogisch unheimlich wertvoll gewesen, und sie habe mir diesen Weitblick gar nicht zugetraut. Mist. Jetzt muss ich jedes Jahr ran.

Ulrike Rylance

Vorfreude

»Ist das nicht ein herrliches Wetter? Und das im Februar!«

Die alte Frau Wiesel von unten stand vor der Haustür und hielt ihr Gesicht genießerisch der Sonne entgegen. Bereits den dritten Tag lang schickte diese immer wärmere Strahlen vom Himmel.

Mike Scheffler nickte nur kurz und antwortete nicht. Die Wut schnürte ihm beinahe die Kehle zu. Er konnte es nicht mehr hören! Schönes Wetter hier, schönes Wetter da – die Menschen waren vor lauter blödsinniger Begeisterung ganz aus dem Häuschen! Was war das für eine verrückte, klimageschädigte Welt, in der ein Tag im Februar sich plötzlich benahm wie einer im Mai?

Verärgert schloss er die Wohnungstür auf und streifte mit einem verächtlichen Blick seine überflüssige Winterjacke mit dem Fellkragen, die nutzlos am Haken baumelte. Er starrte auf den Kalender an der Wand. Noch sieben Tage.

Mit dickem rotem Filzstift hatte er das Datum markiert. Er konnte sich noch genau an den regnerischen Novembermorgen erinnern, an dem er voller Vorfreude das Wort in die kleine Spalte geschrieben hatte. *Mexiko!* Aus lauter Übermut hatte er sogar noch einen winzigen Sombrero daneben gemalt. Die Dame im Reisebüro hatte ihm zu seiner hervorragenden Entscheidung gratuliert. Mexiko war genau das Richtige im Februar, wenn auch nicht unbedingt das Billigste. Doch die Vorfreude auf diese Reise rechtfertigte den schwindelerregenden Preis. An einem dieser freudlosen, dunklen Februartage – wenn die Kälte wie lästiger Besuch im Haus hockte und nicht mehr loszukriegen war, wenn die Heizkosten astronomische Zahlen annahmen und sich der Schnee in unansehnlichen grauen Matsch verwandelte – genau dann würde Mike mit seiner Frau lachend ein Flugzeug besteigen, um sich am anderen Ende der Welt in eine Hängematte zu legen und der Sonne mit ein paar Margheritas zuzuprosten.

Diese Vorfreude war sein heimlicher Triumph, der Antrieb, der ihn endlose stumpfsinnige Tage und den schlechten Atem seines Vorgesetzten im Büro überstehen ließ.

Alles war wie nach Plan verlaufen, bis vor drei Tagen urplötzlich eine Art Frühsommer in der Stadt ausgebrochen war und Mike mit Entsetzen beobachten musste, wie die Menschen ihre Hüllen abwarfen und ihre Nachmittage in Straßencafés verbrachten.

Ausgerechnet jetzt – wo er doch den Neid der anderen auf seine Reise mit jeder Faser seines abgearbeiteten Körpers spüren wollte – musste er sich anhören, wie seine Mitmenschen einstimmig blökend das Wetter in Deutschland lobten.

Wo blieb da die Gerechtigkeit?

»Schlechte Laune, Schatz?« Sonja, seine Frau, unterbrach seine missmutigen Gedanken.

Wortlos zeigte Mike aus dem Fenster. Unten im Hof schob der blonde Typ aus dem zweiten Stock gerade einen Holzkohlegrill an die Mauer.

»Ja, bei dem herrlichen Wetter bekommt man richtige Lust auf Grillfleisch und kühle Drinks, findest du nicht? Da können wir uns schon prima auf den Urlaub einstimmen!« Fröhlich winkte sie dem Blonden zu.

»Kurz anbraten!«, rief dieser von unten hoch.

Mike konnte es nicht fassen. Seine eigene Frau fiel ihm in den Rücken!

»Du findest also überhaupt nichts dabei, dass jetzt hier die Schönwetterperiode ausbricht? Ausgerechnet dann, wenn wir in den Urlaub fahren wollen?«

»Nein. Warum sollte ich?«

»Warum du es solltest? Weil es ungerecht ist! Es ist nicht normal! Es müsste kalt und eisig sein, sodass uns alle beneiden!« *Sonst ist es doch nur die halbe Freude*, fügte er in Gedanken hinzu.

»Ist alles in Ordnung?« Verwirrt sah sie ihn an. »Ich glaube, du bist einfach urlaubsreif!«

Verdrossen beobachtete er, wie der Blonde einen Sonnenschirm aufspannte und den Grill anzündete. Herrgott noch mal, der Mann setzte sogar ein albernes Sonnenhütchen auf.

»Wahrscheinlich hast du recht«, antwortete Mike gepresst. Er sollte sich nicht so aufregen.

Aber verdammt, es regte ihn nun einmal auf!

Missmutig beobachtete er aus Augenschlitzen am Abend den ausgelassenen Hanswurst von der Wettervorhersage im Fernsehen. Der

Mann sprang wie ein überaltertes Kindergartenkind zwischen bösartig grinsenden Fotosonnen hin und her. Seine Worte drangen nur bruchstückhaft an Mikes Ohren. *Hochdruckgebiet … unerwarteter Temperaturanstieg … für die Jahreszeit viel zu warm …*

Genervt schaltete Mike aus.

Die nächsten Tage wurden kaum besser. Kein Mensch interessierte sich für Mikes anstehende große Urlaubsreise, sie waren alle viel zu beschäftigt, Pläne für das kommende sonnige Wochenende zu machen.

»Wir fahren mit dem Rad am Fluss entlang«, erzählte die Sekretärin allen, die an ihrem Arbeitsplatz vorbeiliefen. Der Plastik-Schneemann war von ihrem Schreibtisch verschwunden, stattdessen stand dort jetzt eine Schale mit Krokussen, die mit rasender Geschwindigkeit ihre dicken Blüten entfalteten.

Fräulein Walter aus der Buchhaltung rieb ihre blassen Arme ausgiebig mit Lichtschutzfaktor 30 ein, bevor sie zur Mittagspause in den Park ging und jemand summte dauernd ›The Girl from Ipanema‹. Mike schloss sich auf der Toilette ein und sah hinunter in den sonnendurchfluteten Betriebshof. *Vorsicht Glatteis*, höhnte dort ein Schild. Noch vor einer Woche hatte der Hausmeister da unten fluchend Schnee geschaufelt. Fröstelnde Menschen hatten ihre schneeverkrusteten Schuhe im Eingangsbereich abgeklopft und sich dann mit roten Nasen und dampfenden Mündern in den warmen Fahrstuhl geschoben.

Mike presste sein Gesicht an die Scheibe. *Lieber Gott*, flüsterte er, *mach, dass es kalt wird*.

Im Vorraum begegnete er seinem Erzfeind Meißner aus der Buchhaltung beim Händewaschen.

»Sagen Sie mal«, meinte dieser. »Fahren Sie wirklich *jetzt* nach Mexiko? Schlechte Planung, was? Wahrscheinlich haben die da schlechteres Wetter als wir.« Er schüttelte belustigt den Kopf.

Mike quetschte den Seifenspender so fest er konnte.

Nach vier Tagen gab es einen Hoffnungsschimmer. Die Sonne verschwand vom Himmel, als hätte sie jemand ausgeschaltet und die Temperaturen gingen auf vier Grad zurück. Trällernd machte sich Mike zu Fuß nach der Arbeit auf den Heimweg, um den Temperatursturz so richtig zu genießen. Die Menschen hatten demütig ihre warmen Jacken wieder hervorgeholt und ihre dazu passenden mürrischen Wintergesichter aufgesetzt. Die Party war vorbei und das übermütige Gebaren der letzten Tage erschien nun angesichts des Kälteeinbruches fast peinlich.

Dem Zeitungsverkäufer, der gerade die Abendausgabe mit der Aufschrift *Es wird wieder kalt!* auslegte, schenkte Mike ein strahlendes Lächeln. Zufrieden blickte er zu Hause aus dem Fenster in den grauen Regen hinaus.

»Sieht gut aus!«, bemerkte er zu Sonja.

Zwei Tage vor ihrem Abflug setzte dann das widerlichste Winterwetter ein, das die Bevölkerung seit Langem erlebt hatte. Schneeregen peitschte durch die Straßen, nachts gingen die Temperaturen weit unter null und auch tagsüber kletterten sie kaum über die Minusgrenze. Ein eisiger Wind pfiff durch alle Straßen, riss Regenschirme aus klammen Fingern und trieb Tränen in die Augen.

»Mann, ist das ein Mistwetter!«, stöhnten die Kollegen, woraufhin Mike jedes Mal ein polterndes Lachen ertönen ließ. Immer öfter suchte er im Internet die Wettervorhersage für die Riviera Maya heraus, nur um anschließend irgendwohin zu schlendern und den Bildschirm für alle sichtbar anzulassen.

»Sie haben es gut!«, klagte das blasse Fräulein Weber an seinem letzten Arbeitstag, und spontan beschloss Mike, ihr irgendetwas aus Mexiko mitzubringen. Höhepunkt des Tages jedoch war und blieb Kollege Meißners glasiger Blick aus dem Fenster, als Mike sich unter großem Getöse für die nächsten zwei Wochen verabschiedete.

»Adios Amigos!«, schrie Mike in seine Richtung und machte sich dann in bester Laune auf den Heimweg, das bewundernde: »Sie machen es richtig!«, der Sekretärin noch in den Ohren.

Es war irrsinnig kalt geworden. Der Schnee blieb nun liegen und die Pfützen waren zugefroren. Fast bedauerte Mike, nicht den Bus genommen zu haben, aber andererseits konnte er sich so noch einmal richtig in dieser Grabeskälte und dem einsetzenden Schneetreiben aalen, um dann zu Hause seine steifgefrorenen Finger beim Kofferpacken wieder aufzuwärmen. Dicke Schneeflocken klatschten ihm ins Gesicht und machten es unmöglich, etwas zu erkennen, das weniger als drei Meter entfernt war. Seine Nase lief und seine durchnässten Schuhe verwandelten sich noch während des Laufens in schmerzende Eisklumpen. Er war viel zu dünn angezogen und hoffte nur inständig, sich nicht noch in letzter Minute zu erkälten. Endlich bog er in seine Straße ein.

Ein paar Kinder nutzten dort das letzte Tageslicht für eine Rutschpartie am Ende des Weges. *Schlittern* hatte man das in seiner Jugend genannt. Damals hatte der Winter noch Spaß gemacht und plötzlich überkam ihn eine gewisse Nostalgie nach den dunklen, abenteuerlichen Winternachmittagen seiner Kindheit, wahrscheinlich ausgelöst durch die Gewissheit, dass der Winter nach seiner Rückkehr in vierzehn Tagen endgültig vorbei sein würde. Vorsichtig holte Mike ein bisschen Schwung und schlitterte auf dem Fußweg entlang. Er konnte es noch! Übermütig winkte er den Kindern, verlor dabei die Balance, griff ins Leere und stürzte zu Boden. Sein rechter Knöchel knackte wie ein Streichholz und wahnsinniger Schmerz schoss Mike bis in alle Nervenfasern seines Körpers.

»Sonja!«, japste er, dann wurde ihm schwarz vor den Augen.

»Ich habe heute den Meißner in der Stadt getroffen, er lässt dich herzlich grüßen!«, sagte Sonja vier Tage später, nachdem sie Mike das Kissen hinter dem Rücken aufgeschüttelt hatte. »Alle sind voller Mitleid, soll ich dir ausrichten.«

Mike antwortete nicht. Er drehte schnell das Gesicht zur Seite und blickte nun nicht mehr auf sein Gipsbein, sondern auf eine Landschaft aus Blumen und Genesungskarten, die seinen Nachttisch zierten. Sonja sollte ihn nicht heulen sehen, so viel Beherrschung musste sein.

»Guck mal, die Sonne kommt raus!«, sagte Sonja jetzt. »Angeblich soll es wieder warm werden, der wärmste Februar seit Langem, abgesehen von letzter Woche! Das ist nicht normal, wenn du mich fragst. Vielleicht sollten wir nächstes Jahr einfach was in der Nähe buchen.«

»Vielleicht«, krächzte Mike und konzentrierte seinen ganzen Hass auf eine Tube Sonnencreme, die auf den Boden gefallen sein musste, als Sonja die Koffer wieder ausgepackt hatte.

Ulrich Knellwolf

Tod in Sils Maria

Schlegel hatte sich auf das Schlimmste gefasst gemacht. Was er jetzt sah, übertraf jedoch alles bei Weitem. Wo um Himmels willen hatte seine Tochter nur ihren Verstand gelassen? Und, fügte er mit fast noch größerem Bedauern hinzu, den Geschmack?

Sie hatte ihm Mitte Januar geschrieben, dass sie dieses Jahr nicht allein ins Engadin kommen werde. Noch im Neujahrsbrief, als sie ihm für die Perlenohrringe dankte, die er ihr zu Weihnachten geschickt hatte, schrieb sie nur von einer Überraschung, die er bald erleben werde. Er hatte gleich vermutet, dass es eine Männergeschichte sei, und diesmal eine ernsthafte, wenn Lilian schon davon redete. Bisher hatte sie über dergleichen Dinge strikt geschwiegen. Hie und da war er auf Spuren von Männern in ihrem Leben gestoßen. Zum Beispiel letztes Jahr, als er geschäftlich in London zu tun gehabt und zwei Nächte in Lilians Wohnzimmer auf der Couch geschlafen hatte. Er hatte sich beim Rasieren geschnitten und in ihrem Toilettenschrank ein Pflaster gesucht. Dabei hatte er nicht nur ein komplettes Rasierzeug gefunden, sondern auch ein Paar Manschettenknöpfe, schöne übrigens. Der Mann schien Geschmack zu haben.

Hätte Lilian keine Freunde gehabt, hätte ihn das beunruhigt. Immerhin war sie siebenundzwanzig, und er nahm nicht an, dass die Stelle bei Brown & Masters, der internationalen Literaturagentur, spezialisiert auf strategische Studien, sie bis an ihr Lebensende ausfüllen werde. Er zog es vor, über die private Seite ihres Lebens nicht zu viel zu wissen. So freute er sich jedes Jahr auf die zehn Tage Skiferien, die sie miteinander im Engadin verbrachten.

Wer den älteren Herrn und die junge Frau beobachtete, wie sie miteinander am Tisch saßen, sich lachend unterhielten, wie er manchmal liebevoll mit seiner Hand über die ihre strich oder sie küsste, konnte sie für ein Liebespaar halten. Chef und Sekretärin etwa, die ein paar verliebte Tage miteinander Ferien machten. Und doch waren sie Vater und Tochter, er, Wirtschaftsjurist mit Praxis an bester Zürcher Adresse, und sie, wie gesagt, in London lebend, seit sie siebzehn war.

Sie hatten sich erst spät näher kennengelernt. Kurz nach Lilians Geburt war Schlegels Ehe am Ende gewesen. Er hatte auf alle Ansprüche auf das Kind verzichtet. Seine Frau war mit der Tochter nach Genf gezogen und hatte einen südamerikanischen Millionär geheiratet, von dem sie inzwischen wieder geschieden war. Die Tochter wurde in ein teures Internat im Engadin geschickt, wo sie bis kurz vor der Matura blieb. Dann meinte die Mutter, sie müsse besser Englisch lernen und brachte sie nach London.

Den Vater hatte Lilian in all den Jahren nicht ein einziges Mal zu Gesicht bekommen, nur sein Geld, das pünktlich eintraf. Dann brachte die Post eines Tages im Dezember einen Brief von ihm mit der Frage, ob sie nicht Lust hätte, Anfang Februar für einige Tage mit ihm zum Wintersport nach Sils Maria zu fahren. Für die Kosten, inklusive Flug, komme er selbstverständlich auf.

Die Ferien gelangen rundum. Seitdem betrachtete Lilian ihren Vater als einen Freund, den sie jedes Jahr im Winter an den zugefrorenen Engadiner Seen wiedersah und von dem sie sich zehn Tage lang verwöhnen ließ.

Schlegel gestand sich ein, dass bei dem Urteil über seinen möglichen Schwiegersohn eine Portion Eifersucht mit im Spiel war. Er nahm sich daher vor, sich durch seine Gefühle nicht zum Narren machen zu lassen. Dennoch wollte er nicht glauben, dass an dem niederschmetternden Eindruck von dem Freund seiner Tochter nur gekränkte Männlichkeit schuld war.

Aus Lilians Brief wusste er, dass der Mann und er fast gleich alt waren. Schlegel war dreiundsechzig, und der, der sein Schwiegersohn werden sollte, war vierundsechzig. Er empfand das fast als Blutschande. Aber er wollte sich den alten Lüstling, wie er ihn in Gedanken nannte, erst einmal anschauen, bevor er ein Urteil fällte.

Alles andere, was Lilian schrieb, hätte ihm als Vater eigentlich nur recht sein können. Der Mann war kein Nobody. Sir Geoffrey Bell war alleiniger Inhaber des traditionsreichen Londoner Verlagshauses Highway, Fitzwater and Bell und geschäftlich, was Schlegel herauszufinden nicht schwerfiel, mit bedeutenden Firmen, vorzugsweise Banken, verbunden. In der Grafschaft Kent besaß er Cottingham Castle, ein respektables Anwesen mit einem Herrenhaus aus der Zeit Elizabeths I. Bells Vermögen wurde auf eine dreistellige Zahl von Millionen Pfund geschätzt. Sir Geoffrey war seit drei Jahren geschieden. Seine Ehe mit einer der wenigen international bekannten Polospielerinnen war kinderlos geblieben.

Dies alles klang nicht schlecht. Nur dass er vierundsechzig war, ein Jahr älter als er selbst, fand Schlegel als Lilians Vater pervers.

Auf der Fahrt ins Engadin hatte er heftig und tapfer gegen die abscheulichen Bilder gekämpft, die in ihm aufsteigen wollten. Seine Tochter mit einem Greis im Bett. Zittrige Hände, die ihr junges Fleisch streichelten. Lilian, einen arteriosklerotischen Idioten im Rollstuhl schiebend.

Er unterdrückte die Bilder mit Gewalt. Im Hotel, wo er seit Jahrzehnten bekannt war, schritt er mit Todesverachtung an der Tür des Doppelzimmers vorüber, hinter der vom nächsten Abend an seine Tochter mit dem alten Mann das Bett teilen sollte. Bei seiner telefonischen Rückfrage in London hatte sie ausdrücklich auf einem Doppelzimmer bestanden.

Was Schlegel nun aber um zwölf Uhr mittags auf dem Bahnhof von St. Moritz zu Gesicht bekam, war schlimmer als alles, was er sich in den schlimmsten Albträumen ausgemalt hatte. Zuerst stieg Lilian aus dem Zug. Sie war noch schöner geworden mit ihrem hellbraunen Haar und einer Figur, die jedem Mann den Atem rauben konnte. Glück macht schön, dachte Schlegel. Aber dann folgte ein dicker kleiner Mann, mindestens anderthalb Kopf kleiner als Lilian, mit einem Kugelbauch auf kurzen Beinen und nach außen gerichteten Plattfüßen. Halslos hockte ein runder Schädel auf den Schultern, halb kahl und in der Mittagssonne schweißig glänzend. Eine Nase wie eine Kartoffel, der Mund dicklippig, wie zum Austernschlürfen geformt. Bald merkte Schlegel, dass der Mann auch noch redete, als verschlänge er Austern um die Wette. Sir Geoffrey steckte in einem Pelzmantel, der aus ihm einen übergewichtigen Säugling machte.

Was war nur in Lilian gefahren? So fragte sich Schlegel und ging auf die beiden zu. Und sogleich merkte er, dass alles anders geworden war.

Früher hatte Lilian ihn zur Begrüßung auf den Mund geküsst. Jetzt bekam er nicht mehr als zwei flüchtige Wischer auf die Wangen.

Die Hand des Mannes fühlte sich an wie ein grätenloser Fisch. Schlegel sah auf die Würstchenfinger hinunter und bemerkte manikürte Nägel, die wie aufgesteckte Pailletten von den Fingerenden abstanden. Während der folgenden Tage vermied er es, diese Hände zu berühren. Ihm war, als könnte er sich an ihnen mit einer heimtückischen Krankheit anstecken.

Er hatte ein Taxi bestellt, das außerhalb des Bahnhofs auf sie wartete. Lilian eilte voraus, Sir Geoffrey folgte, neben Schlegel herwatschelnd. Er stieß ihn an und machte mit seinen Pesthänden eine Bewegung, als streichle er ihr über den Po. Dann führte er die Finger der rechten Hand an den aufgeworfenen Mund und schmatzte so widerlich, dass Schlegel übel wurde.

Die Fingerspitzen an den Lippen und dazu das Schmatzen wiederholten sich an diesem Abend bis zum Erbrechen. Einmal galt es dem Zimmer, insbesondere den Betten, dann dem Wein, dem Hauptgang des Nachtessens und, besonders widerlich, dem jungen italienischen Kellner.

Nach dem Essen tranken alle drei in der Halle einen Whisky. Aber Schlegel wollte es so schnell wie möglich hinter sich bringen und sagte, er nehme an, sie seien müde von der langen Reise. Er freue sich, erwiderte Sir Geoffrey schlürfend, auf das Zimmer und das Bett, und führte schon wieder unter Grunzen und Schmatzen die Wurstzipfel der rechten Hand an den Mund.

Bisher war der Augenblick vor Lilians Zimmertür beim Gutenachtsagen für Schlegel etwas vom Schönsten in den Ferien gewesen. Er hatte einen Kuss auf die Lippen bekommen, die warme Nähe seiner Tochter gespürt und ihr Parfum gerochen.

Heute gab es nichts als eine flüchtige Wangenberührung links und rechts und »Gute Nacht«, dazu die schleimige Vorfreude der dicken Witzfigur. Schlegel eilte verzweifelt in sein Einzelzimmer, während er sich vorstellte, was der Gnom jetzt mit seiner Tochter anstellte.

Als er in dieser Nacht wach im Bett lag und an der Grenze zum Verrücktwerden mit einem Teil seiner selbst stritt, der nicht aufhören konnte, wie eine Pornographiedruckerei die scheußlichsten Bilder zu produzieren, beschloss Schlegel, Sir Geoffrey umzubringen. Es gab nur diesen Weg, um Lilian vor dem

Unglück ihres Lebens zu bewahren. Wie er es tun wollte, wusste er noch nicht. Aber es musste in diesen Tagen geschehen, bevor das Verhängnis unabwendbar war.

Im hellen Licht des Morgens fragte er sich, ob er in der Nacht die Tragweite seines Entschlusses auch richtig abgewogen habe. Er nahm sich vor, zuerst die beiden zu beobachten und dann zu entscheiden. Er musste wissen, ob es Lilian mit dem Feisten wirklich ernst war. Wäre es doch möglich, dass es sich um eine vorübergehende Verirrung handelte.

Aber nicht eine Spur davon war zu erkennen. Im Gegenteil. Lilian und ihr englischer Gartenzwerg gingen, wann immer es sich machen ließ, Hand in Hand, und Schlegel kam sich vor wie ein Hund, der zuschauen muss, wenn sich seine angebetete Herrin von einem Wüstling knutschen lässt. Sogar beim Essen warfen sich die beiden verliebte Blicke zu und küssten sich zwischendurch immer wieder. Schlegel verging der Appetit.

Als er am dritten Tag einen Augenblick lang mit seiner Tochter allein war – sein zukünftiger Schwiegersohn musste plötzlich zur Toilette, und Schlegel kam sofort der Verdacht auf ein Prostataleiden –,versuchte er, ihr auf den Zahn zu fühlen. Lilian aber lachte, legte ihm die Hand auf den Arm und sagte: »Eifersüchtig? Aber, aber, Papa.« Darauf flirtete und schmuste sie noch unverschämter mit diesem großbritannischen Schweinchen Dick.

Schlegel war sich im Klaren, dass er seiner Tochter wehtun würde. Aber er sagte sich, dass der kurze, tiefe Schmerz viel leichter zu ertragen sei als ein endlos verzweifeltes Leben. Diese Überlegungen stärkten ihn in seinem Entschluss. Es galt nur noch, einen günstigen Augenblick abzuwarten.

Bis dahin wurden ihm die Tage zur Qual. Die weiß schimmernden Bergketten verwandelten sich vor seinen Augen in den hingestreckten Körper seiner Tochter, und die Wolken am Himmel waren Sir Geoffreys lüsterne Finger, die darüber hinstrichen.

Jedoch, als schlage plötzlich Hitze in Kälte um, war für ihn alles bald nur noch eine Frage der Technik. Er lud Sir Geoffrey zu Spaziergängen ein, wenn dieser nicht Lilian zum Skilift begleitete. Er versuchte so, sein Vertrauen zu wecken. Das war nicht schwer. Sir Geoffrey tat, als wären sie zwei Verschworene, und behandelte Schlegel, obwohl dieser ein Jahr jünger war, mit der einem Schwiegervater gebührenden, etwas mitleidigen Pietät.

Nach einer Woche endlich ergab sich die Gelegenheit. Das strahlende Hoch brach zusammen. Schneefall war angesagt. Schlegel hatte eben erst Sir Geoffrey dazu bewogen, ein Paar Langlaufski zu mieten und sich unter seiner Führung – Lilian zog Abfahrt vor – auf die einfachsten Loipen zu wagen. Der Engländer stellte sich zuerst sehr ungeschickt an, aber Schlegel ließ nicht nach. Schließlich schien Sir Geoffrey am Skilaufen sogar Gefallen zu finden, und sei es nur, um seiner Braut mit seinen sportlichen Leistungen Eindruck zu machen. Beim Nachtessen erzählte er, Fingerspitzen an den Lippen, mit schlürfender Begeisterung von seinen Abenteuern und wünschte, am nächsten Tag unbedingt wieder auf die Loipe zu gehen.

Um halb zwölf brachen sie nach einem reichlichen Frühstück auf. Die Sonne war nicht zu sehen, die Wolken hingen tief. Doch als Sir Geoffrey das Gesicht verzog, nahm ihn Schlegel bei der Ehre. Sie brauchten unendlich lange, bis sie im Fextal waren. Der Dicke dampfte wie eine überhitzte Lokomotive, spielte aber den Tapferen, und Schlegel stachelte ihn unentwegt an, indem er alle zehn Minuten fragte, ob sie nicht umkehren sollten. Sir Geoffrey wäre sogar bereit gewesen, den Mount Everest auf Langlaufskiern zu besteigen. Im Restaurant am Ende des Fextals waren sie fast die einzigen Gäste. Der Engländer war am Ende seiner Kraft, und Schlegel fragte sich bereits, ob es überhaupt noch besonderer Vorkehrungen bedürfe, um sich seiner zu entledigen.

Doch Sir Geoffrey wollte sich um nichts in der Welt unterkriegen lassen. Eifrig löffelte er die Gerstensuppe, trank Veltliner dazu und schließlich zum Kaffee einen doppelten Grappa, den Schlegel ihm aufdrängte, indem er ihn davor warnte.

Auf dem Rückweg schneite es in großen Flocken, als fielen Leintücher vom Himmel. Froh, fünf, sechs Meter Loipe vor sich zu erkennen, glitten sie vorwärts, Sir Geoffrey voran, Schlegel, ihn antreibend, hinterher.

Wein und Grappa wirkten. Schon auf halbem Weg beim Gasthaus Sonne war Sir Geoffrey ein Wrack, wollte Station machen, aber Schlegel ließ nicht locker. Ein Glück, dass keiner der Pferdeschlitten dastand, Sir Geoffrey hätte keinen Schritt mehr getan.

Unterhalb des Gasthauses lenkte Schlegel ihn vom breiten Weg ab nach rechts. Zehn Minuten später standen sie dort, wo ein Fußweg von der Loipe abzweigt und durch ein Tobel nach Sils hinunterführt. Zu sehen war nichts. Außer dem dichten Schneefall, der jeden der beiden wie in eine Kabine aus Milchglas einschloss.

»Dies ist eine Abkürzung, nicht ganz einfach, aber wir können den Weg nicht verfehlen«, rief Schlegel, wohl wissend, dass kein Mensch auf Langlaufskiern heil hinunterkam.

»Nehmen wir sie«, keuchte Sir Geoffrey, hörbar erleichtert.

»Dann fahren Sie voraus! Frisch drauflos! Es passiert schon nichts.«

Und der Dicke fuhr. Sofort entwickelte er eine Geschwindigkeit, die ihm jede Herrschaft über die Bretter nahm. Vor ihm lag, unsichtbar im Schneefall, der Abgrund. Die Schussfahrt schien ihm zu gefallen. Schlegel sah noch, wie er verwegen die Arme hob, und hörte einen grunzenden Jauchzer.

Dann kamen die Felsabstürze. Schlegel sah

nichts mehr, hörte nichts. Kein Krachen, nichts. Alles war verschneit.

Er ließ sich Zeit. Er schaute nicht nach, sondern kehrte auf die Loipe zurück und war eine halbe Stunde später in Sils. Er erkundigte sich nach dem Polizeiposten. Eine weitere Stunde verging, bis eine Patrouille sich im Schneesturm aufmachte, um das Tobel abzusuchen. Sir Geoffrey wurde gefunden, ein Sack voll zerschlagener Knochen und schrecklich entstellt.

Lilian erstarrte, als sie von Furtschellas zurückkam und Schlegel ihr das Unglück so schonend wie möglich mitteilte. Sie zog sich sogleich auf ihr Zimmer zurück. Später musste sie der Polizei einige Fragen beantworten. Sie tat es mit einer Fassung, die Schlegel erschreckte. Nachdem sie eine Kleinigkeit zusammen gegessen hatten, begleitete er sie bis an die Zimmertür. Zum ersten Mal in diesen Ferien bekam er einen Kuss auf die Lippen.

Lilian wollte den Leichnam nicht sehen. Sie wünschte, dass er kremiert und die Urne nach London überführt werde. Sie bat ihren Vater, die Formalitäten für sie zu erledigen. Sie selber reiste sogleich ab. Schlegel, ganz väterlicher Jurist, begleitete sie zum Bahnhof in St. Moritz. Bei der Abfahrt des Zuges winkten sie einander verhalten zu. Er kehrte ins Hotel zurück.

Schlegel brauchte zwei Tage, um alles zu ordnen. Jeden Tag rief er dreimal in London an, um sicher zu sein, dass Lilian keine Dummheit beging. Am dritten Tag buchte er für den Abend einen Flug von Zürich nach London. Er wollte seine Tochter jetzt nicht allein lassen. Dann fuhr er auf dem Beifahrersitz des schwarzen Leichenwagens nach Chur, wo Sir Geoffreys sterbliche Überreste eingeäschert wurden. Man fragte ihn, ob er die Urne gleich mitnehmen wolle. Er verneinte, schrieb die Londoner Adresse auf und bezahlte die Speditionskosten im Voraus. Er fuhr weiter nach Zürich. In seiner Praxis gab es nichts als die üblichen Briefe. Er hatte das Taxi warten lassen und war deshalb schnell zu Hause. Frau Ingold, seine Haushälterin, kondolierte und fragte, ob er etwas zu essen wünsche. Er schüttelte den Kopf.

»Holen Sie meinen Flugkoffer. Ich muss zu ihr.«

Frau Ingold hatte die Post säuberlich auf seinen Schreibtisch gelegt. Links die Zeitungen, in der Mitte die Drucksachen, rechts die persönlich adressierten Briefe. Nichts von Bedeutung darunter. Im Telefax lag ein Brief. Auf Englisch. Er erkannte Lilians Handschrift sofort. Seine Hände zitterten, als er danach griff. Er las.

»Mein geliebter Papa,

ich teile Dir mit, dass ich heute ein Gespräch mit Geoffreys Anwalt hatte. Er bestätigte mir, was ich schon wusste, dass Sir Geoffrey mich für den Fall seines Ablebens als Alleinerbin eingesetzt hat. Du brauchst Dir folglich um Deine Tochter keinerlei Sorgen mehr zu machen.

Ich danke Dir, dass Du für mich ein Problem gelöst hast, ich war sicher, dass Du es tun würdest.

Ich kenne Frau Ingold gut genug, um zu wissen, dass sie sich nicht am Telefax zu schaffen macht; außerdem kann sie ja kein Englisch. Dennoch: Verbrenn den Brief im Kamin, wenn Du ihn gelesen hast. Kommst Du zu den Bestattungsfeierlichkeiten? Sie finden am Mittwoch nächster Woche in St. Paul's statt.

Herzlich und mit einem Kuss

Deine Tochter Lilian«

Schlegel schaute auf. Frau Ingold hatte im Kamin Feuer angemacht. Er nahm das Blatt Papier, warf es hinein und wartete, bis es verbrannt war. Dann rief er die Haushälterin.

»Ich fliege doch erst nächste Woche. Was, sagten Sie, gibt es zum Nachtessen?«

Ewald Arenz

Königreich Familie

Wir fuhren durch die Nacht. Weder Ziel noch Abfahrtsort schienen wirklich. Der Regen machte alles schwarz und glänzend. Das Rauschen der Geschwindigkeit war allgegenwärtig. Es gab nichts anderes als uns beide auf einer Fahrt ins Ungewisse. Bis schließlich Theo irgendwann das Schweigen brach. »Ich denke ja, wir sollten einen König haben«, sagte er im Gesprächston. Ich verriss das Lenkrad, kam von der Spur ab, zischte über den Randstreifen und kämpfte einen panischen Augenblick, bis der Wagen wieder dorthin fuhr, wo ich ihn haben wollte. Ich bin in einer sozialdemokratischen Familie aufgewachsen. Ich habe meine Kinder entweder gar nicht oder anarchistisch erzogen. Ein Monarchist als Sohn war bisher in meiner Lebensplanung nicht vorgekommen. »Wieso«, fragte ich zittrig und hatte immer noch das Gefühl, als dampfe mir überall Adrenalin aus den Poren, »wieso willst du aus Deutschland ein Königreich machen? Was passt dir nicht an einer Demokratie?« Theo drehte langsam den Kopf und sah mich, soweit ich das im Dämmerlicht erkennen konnte, maliziös und etwas von oben herab an. Das fällt ihm nicht schwer. Mittlerweile ist er mehr als zwei Meter groß, und ich glaube, dass wir jedes Mal, wenn wir ihn zurück ins Internat fahren, rechts vorne die zulässige Achslast überschreiten. »Das fragst gerade du!«, sagte er ruhig. Das übrig gebliebene Adrenalin in meinem Körper zahlte sich jetzt aus. Ich war reaktionsschnell genug, das Lenkrad diesmal nicht zu verreißen. »Was?«, fragte ich fassungslos. »Was meinst du damit? Willst du andeuten ...« – »Du«, sagte Theo, » bist doch der alte Patriarch. Der große Diktator. Wurde ich gefragt, als man mich ins Internat gesteckt hat?« – »Mein Lieber«, sagte ich schneidend und beschleunigte unwillkürlich, »wir hatten eine Abmachung. Wenn du nicht in sechs Fächern durchgefallen wärst ...« Die Scheibenwischer kamen kaum noch nach. »Papa!«, sagte Theo. »Ich bin volljährig. Du kannst eigentlich gar nicht mehr ... pass auf den Laster auf!«, brüllte er dann. Eine große weiße Wand war plötzlich aus dem Nichts aufgetaucht. Schlitternd und mit größter Not und unter furchtbarem Hupengetöse aller anderen Fahrer schaffte ich es auf die rechte Spur. Theo ließ das Armaturenbrett und mein Knie los. »Da kannst du mal sehen, wie das ist«, sagte ich, »du kannst ruhig auch ein bisschen leiden. Und volljährig! Volljährig! Wer in meiner Familie volljährig ist, bestimme immer noch ich. Solange du …« In diesem Augenblick hörte ich mich selber und ich hörte mich an wie mein Großvater, der Medizinprofessor, den ich siezen musste, bis ich elf war. Der Wagen toste durch den Regen, Theo saß neben mir, und ich fühlte mich plötzlich wie der Vater im *Erlkönig*. Aber dann straffte ich mich. Es ist nicht immer leicht, eine Familie zu führen. »Du«, sagte ich kühl, »gehörst mir. Du bist mein Sohn!« Theo schwieg eine Weile. Wir erreichten das Internat. Es regnete immer noch, als ich den Koffer aus dem Wagen holte und wir uns verabschiedeten. Theo beugte sich unvermittelt vor und küsste mich auf beide Wangen. »Ciao Padrone!«, sagte er lächelnd. Dann ging er. Aber kurz, bevor er das Tor erreichte, drehte er sich noch einmal um und rief mir zu: »Es lebe der König!« Und da fuhr ich, obwohl ich sozialdemokratisch erzogen worden bin, auf seltsame Weise sehr glücklich durch die Regennacht nach Hause.

Siegfried Lenz

Eisfischen
oder
Was man mit Hechten erleben kann

Auch im Winter ist mit unserm See noch was los. Man muß nur warten, bis das Eis dick und blau geworden ist, und am liebsten läßt man überhaupt erst einen Schlitten mit Pferden darüberfahren, bevor man durch den braunen, knackenden Schilfgürtel geht. Wenn sich kein Schlitten mit Pferden sehen läßt, genügt es auch, die Luftblasen und Äste und Flaschen zu zählen, die in der Tiefe des Eises einfrieren, und wenn genug eingefroren ist, und man kommt nicht weiter mit Zählen, dann kann man gleich mit Anlauf raufglitschen.

Was am allerbesten ist? Am allerbesten ist, wenn die Eisfischer kommen auf ihren flachen kleinen Schlitten, die sie mit einer Stange vorwärts schieben. Die Eisfischer haben immer was zu rufen, ich weiß nicht, warum, und wir hörten die Rufe »Hooo-oh« oder »Hooo-ah«, noch bevor sie um die nackte Halbinsel bogen. Da tickten wir erst gar nicht mit den

Absätzen ans Eis. Sobald die Eisfischer zu hören waren, flitzten wir gleich durch die Schneewehen am Ufer. Wir nahmen Anlauf. Und tsss, so glitten wir ihnen entgegen, und der Schwung war so groß, daß man noch auf dem Rücken weiterrutschte, wenn man hinplumpste auf der glatten, glatten Fläche.

Zuerst tranken die Eisfischer Kaffee, das war nun mal so. Sie saßen auf ihren flachen Schlitten in einem Kreis. Die Eisfischer hatten Schnauzbärte, daran hingen kleine Eiszapfen, und ihre Augenbrauen waren mit Rauhreif gepudert. Die sahen schon so aus wie der Januar, ganz gewiß. Ihren Kaffee tranken sie etwas zu langsam, sogar im Schneegestöber.

Dann rief einer »Hooo-oh«, und die anderen nahmen von einem Schlitten Äxte und Eisenstangen, die bekam das Eis jetzt zu spüren. Die Eisfischer hackten und pickten. Das splitterte nur so und brach und seufzte. Manche Splitter funkelten wie buntes Glas. Die Eisfischer hackten so lange, bis da ein großes Loch im Eis war, und dann stellten sie zuerst Stangen mit einem Strohwisch auf. Jetzt wußte jeder: Hier heißt es aufpassen. Das Loch war vielleicht viermal so groß wie ein Küchentisch, das genügte.

Wieder rief einer »Hooo-oh«;– ohne zu rufen, bekamen die wohl nichts fertig. Sie schleppten das glitzernde, steifgefrorene Netz zum Loch. Das Netz knisterte. Es sang. Es hörte sich an wie eine sehr dünne Stimme, die sang, als sie das steifgefrorene Netz zerrten und zogen. Dann drückten sie das Netz mit Stangen in das Loch und schoben die Stangen unter das Eis. Wir kannten das schon. Mit Hilfe der Stangen zogen die Eisfischer eine Leine unter dem Eis entlang. Die Leine lief in einem Bogen und öffnete das Netz, das sich ganz vollgesogen hatte und auf Grund lag. Die Eisfischer hackten noch viele kleine Löcher, um die Leine immer weiterzuziehen, und neben jedem Loch stellten sie einen Strohwisch auf. Geld hatte sicher keiner von den Eisfischern in der Tasche. Aber eine Flasche, die hatte jeder. Und wenn sie nicht »Hooo-oh« riefen, dann mußten sie einen langen Schluck aus der Flasche nehmen. Wir versuchten erst gar nicht, die Schlucke zu zählen.

Auf zwei Schlitten waren braune Tonnen drauf; die konnten sich drehen. Und als die Eisfischer weit genug von dem großen Loch entfernt waren, holten sie die Leine herauf.

Sie legten sie um die Tonne, und die Tonne drehte sich, und die Leine wurde straff und zitterte. Jetzt sang die Tonne. Zwei Eisfischer drehten sie. Die Leine fror gleich an der Luft zu einer weißen Schlange. Da liefen wir dem Netz entgegen, das unter dem Eis langsam und stetig wanderte mit seinen offenen Flügeln. Wir legten uns auf das dunkle, durchsichtige Eis. Unten wanderte das Netz in aller Stille über den Grund, mehr kann man nicht sagen.

Die Tonne hörte nicht auf mit ihrem quietschenden Gesang, und einige Eisfischer schlugen wieder ein großes Loch. Hier sollte das Netz herausgeholt werden. Wir standen neben dem Loch und beobachteten den braunen Grund. Ffft, ffft, so zuckten da die Fische durcheinander, sehr schlank oder spindelförmig. Immer mehr Fische wurden es, die flohen vor dem stetig wandernden Netz mit den offenen Flügeln. Die Eisfischer freuten sich über das Gewimmel, und einer rief »Hoooh«, danach schnaubte er in sein Taschentuch.

Aber jetzt wurde das Wasser unruhig. Es brauste. Es riffelte sich. Die Eisfischer kloppten sich die Hände warm, so heißt das. Das

Wasser schäumte nur so von all den aufgeregten Fischen, und einige schnellten sich in die Luft. Nun waren die Flügel des Netzes zu sehen. Da stecken Schilfplötze drin mit rot leuchtenden Flossen. Die Eisfischer zogen die Flügel zusammen und hoben das Netz auf das Eis; dann schüttelten sie die Fische aus. Die Fische hopsten und sprangen auf dem Eis, viele Fische: dunkelgrüne Barsche, die ihre Stacheln aufrichteten, silberne Brassen, Schleie, Zander und fünf silbergrüne Hechte mit Mäulern wie Entenschnäbel. Die Fischer sortierten die Fische in Holzkästen. Die kleinen Fische schenkten sie uns.

Natürlich wollten wir am liebsten einen Hecht haben, denn das ist der beste Fisch in unserem See. Aber einen Hecht wollten die Fischer uns nicht schenken. Und einen aus der schuppenbedeckten Kiste nehmen, das konnten wir nicht, weil jeder Eisfischer die fünf Hechte gezählt hatte. Langsam gezählt.

Nun wußten wir aber schon, daß jeder Räuber seine Beute abgibt, wenn er ertappt wird; darüber wundert man sich nicht mehr. In unserm See ist der Hecht der schönste und stärkste Räuber. Wir sahen uns die fünf Hechte in der Kiste aufmerksam an. Die Eisfischer tranken wieder mal Kaffee. Ein Hecht war sehr dick und atmete auch angestrengt. Wir massierten seinen silbernen Bauch. Wir hoben ihn am Schwanz in die Höhe. Plötzlich spuckte er einen kleinen Hecht aus, den er kurz vorher verschluckt hatte. Den hatten die Eisfischer nicht gezählt, und als sie sahen, daß wir einen Hecht hatten, gingen sie gleich zur Kiste und zählten nach, einmal und noch einmal: Da waren immer noch fünf drin. Jetzt strichen sich die Eisfischer die kleinen Eiszapfen aus dem Schnurrbart und wunderten sich, und weil sie sich lange wundern können über etwas, wundern sie sich vielleicht auch heute noch.

Als sie mit ihren flachen Schlitten davonfuhren, riefen sie »Hooo-oh«. Da riefen auch wir »Hooo-ah«, und es klang wie »Hob Dank«.

Harry Luck

Harry, fahr schon mal in Hückeswagen vor

Es war eine lange Fahrt am Tag vor Heiligabend von Brüssel nach Hückeswagen. Ich war fast den ganzen Tag auf vereisten Straßen unterwegs gewesen, die letzte Etappe fuhr ich mit dem Bus Nummer 337. Aussteigen musste ich in der Peterstraße direkt neben meinem künftigen Zuhause. Erschöpft schaute ich aus dem Fenster und ließ die zauberhafte verschneite bergische Landschaft an mir vorbeiziehen, während ich mich an früher erinnerte.

Die Zeiten, in denen ich von meinem Assistenten mit einem Siebener-BMW durch die Straßen chauffiert wurde, waren vorbei. Ebenso meine Dienstzeit im altehrwürdigen Polizeipräsidium, sechshundert Kilometer entfernt. Ich war wieder zurück in meiner bergischen Heimat. In Wuppertal geboren, als es noch gar nicht existierte und Elberfeld hieß, zog es mich schon bald in die weite

Welt. Meinen beruflichen Erfolg erlebte ich also in der Ferne. Vierundzwanzig Jahre München, dann Belgien. Von Brüssel aus, wo ich bei Europol meine langjährige Erfahrung als Polizeibeamter einbringen konnte. Nun stand ich also vor der Seniorenresidenz »Haus Heimkehr«, wo ich beabsichtigte, meinen Lebensabend zu verbringen. Ohne Mord, Totschlag, Haftbefehl und Ringfahndung.

An der Rezeption des noblen Hauses wurde ich außerordentlich freundlich von einem jungen Herrn empfangen.

»Grüß Gott«, wollte ich sagen, wie ich es mir vor Jahrzehnten angewöhnt hatte. Doch dann besann ich mich, wo ich mich befand, und sagte freundlich: »Guten Tach. Mein Name ist …«

»Aber wir wissen natürlich, wer Sie sind«, fiel mir der freundliche junge Mann ins Wort. »Wir sind sehr stolz, dass Sie uns die Ehre geben, unser Gast zu sein. Wir sind sicher, Sie werden sich wohlfühlen. Ich darf Sie gleich unserer Hausleiterin, Frau Dr. Loska, vorstellen. Einen Moment bitte!«

Ich war es gewohnt, von Fremden erkannt zu werden. Während eines Urlaubs in Südtirol ist es mir tatsächlich mal passiert, dass ein Carabiniere auf mich zugelaufen kam und rief: »Inspettore! Ich möchte auch einmal so gut werden wie Sie!« Oder als es noch Grenzkontrollen gab, wurde ich von einem Zöllner angesprochen, der sagte, er hätte gerne so einen Chef wie mich.

Der Mann drückte einen Knopf an einer Sprechanlage und bestellte seine Chefin zum Empfang. Einige Augenblicke später begrüßte mich eine dunkelhaarige Dame mit geheimnisvollem Gesichtsausdruck. Sie sprach langsam mit osteuropäischem Akzent.

»Herzlich willkommen bei uns in Hückeswagen im Bergischen Land. Wir sind sehr stolz, dass Sie unser Gast sein wollen und die Weihnachtstage mit uns verbringen werden.«

»Ja, ja«, wehrte ich ab. Das Wiederholen von Dialogen war mir nichts Neues. Aber ich wurde ungeduldig und wollte gern das Zimmer sehen, in dem ich nicht nur den bevorstehenden Jahreswechsel, sondern den geruhsamen Rest meines aufregenden Lebens verbringen wollte. »Gehen wir?«, sagte ich freundlich. Und ich merkte, dass Frau Dr. Loska noch etwas auf dem Herzen hatte. Sie räusperte sich zögernd. »Also, eine Sache hätten wir da noch, bei der Sie uns behilflich sein könnten.«

Ein Autogramm, dachte ich und zog den silbernen Kugelschreiber aus der Innentasche meines Trenchcoats.

»Darf ich Sie kurz in unseren Sanitätsraum bitten? Wir haben da … ein kleines Problem, das für Sie sicher kein großer … ich meine, Sie haben ja Erfahrung mit solchen Sachen, auch wenn Sie im Ruhestand jetzt natürlich nicht … also nur, wenn es Ihnen nichts ausmacht, mit der gebotenen Diskretion …«

»Was kann ich für Sie tun?« Ich nickte ihr zu, um sie zu ermuntern, zu sagen, was Sache war.

»Also, wir haben hier eine …«, sie flüsterte, als sie weitersprach, »… eine Leiche«.

Wenige Minuten später standen wir in einem kargen Sanitätsraum, wo ein Mann offenkundig nicht mehr lebendig auf einer Pritsche lag.

»Ein Toter in einem Altersheim?« Ich runzelte die Stirn. »Das ist natürlich traurig, aber doch eigentlich nichts Ungewöhnliches, oder?«

»Da haben Sie sicherlich recht, aber Herr

Kubanke wurde …« Dr. Loska schnüffelte wie ein Kaninchen und sagte dann: »Riechen Sie das?«

Auch ich machte das Kaninchen.

»Bittermandel«, sagte Loska. »Und bei diesem Geruch weiß doch jeder Krimileser nicht erst seit Agatha Christie …«

Ich hatte wieder einen Fall. Schlagartig fühlte ich mich zwanzig Jahre jünger. Vergessen waren die vielen Jahre, die ich bei Europol Vermerke schreiben und Vorträge halten musste. Kubanke war mit Zyankali vergiftet worden. Und meine Aufgabe war es, den Mörder zur Strecke zu bringen. Von den 344 Mordopfern, mit denen ich in meiner Karriere zu tun hatte, waren nur 15 vergiftet worden. 190 waren erschossen und 43 erwürgt worden. Ich schaute auf meine Rolex: 20.20 Uhr.

Ich hing meinen Trenchcoat an einen Kleiderhaken, stellte meinen Koffer in eine Ecke, nahm mein Baseballkäppi ab, setzte mein Toupet auf und überprüfte, ob das Einstecktuch in meinem Maßanzug und die silberne Krawattennadel richtig platziert waren. Routinemäßig begann ich damit, das Umfeld des

Mordopfers zu untersuchen. Zwar konnte ich diesmal nicht auf die tatkräftige Unterstützung der Kollegen von der Spurensicherung zurückgreifen. Doch ich wusste natürlich genau, was zu tun war. Innerhalb weniger Minuten hatte ich das Zimmer von Herrn Kubanke auf den Kopf und alle wesentlichen Unterlagen sichergestellt. Für besonders relevant hielt ich das Testament des Toten, das sich in der Schublade einer Schrankwand befand. Das mit Tinte handgeschriebene Dokument lieferte ein konkretes Mordmotiv und war mehr als eine heiße Spur: Eine Frau Blodin wurde als Alleinerbin eingesetzt.

»Wer ist Frau Blodin?«, fragte ich die Hausherrin.

»Frau Blodin?«

Ich nickte.

»Frau Blodin ist eine unserer Angestellten im Pflegebereich. Sie war seit Jahren für Herrn Kubanke zuständig, und er war sehr zufrieden mit ihrer Betreuung.«

»Das kann ich mir denken«, sagte ich. »Bis zuletzt.«

Die erste Tatverdächtige wurde mir auf dem Präsentierteller serviert. Sollte die Aufklärung dieses Falles sich als so einfach erweisen? Ich bestellte Frau Blodin zum Verhör und stellte ihr meine Routinefragen.

»Wo waren Sie heute zwischen siebzehn und achtzehn Uhr?«

»Wo ich war? Zwischen siebzehn und achtzehn Uhr?«

Ich blickte sie streng durch meine blau getönten Brillengläser an.

»Aber Sie wollen mich doch nicht etwa verdächtigen?« Die typische Reaktion einer überführten Mörderin. »Ich war hier in der Küche und habe das Essen vorbereitet.«

»Sie haben das Essen vorbereitet?«, vergewisserte ich mich. »Für Herrn Kubanke?«

Sie nickte.

»Als Pflegerin haben Sie Zugriff auf den Arzneischrank?«

Sie nickte wieder.

Vermutlich war es kein Problem für sie, das notwendige Gift zu besorgen. Hatte ich jemals einen Fall so schnell gelöst? Es war fast ein Geständnis. Doch es ging mir zu schnell. Niemals war der erste Verdächtige der Mörder, so sonnenklar der Fall im ersten Augenblick auch erscheinen mochte. Ich ließ mich nicht täuschen und sagte zu Frau Blodin: »Sie können gehen.«

Sie schaute mich verwundert an. »Ich bin nicht verhaftet?«

Ich schüttelte den Kopf und sagte einen meiner Standardsätze: »Halten Sie sich für uns zur Verfügung!«

Ich wusste, dass der erstbeste Verdächtige niemals als Täter infrage kam. Ich hatte es jedenfalls in meiner vierundzwanzigjähren Laufbahn als Mordermittler nie anders erlebt.

Als nächsten verhörte ich Herrn Kostloff, der die Leiche gefunden hatte. Er war ein alter Mann mit zwei Hörgeräten, der jedes meiner Worte fragend wiederholte. An wen erinnerte mich seine tiefe Stimme? Ich bildete mir ein, schon öfter mit ihm zu tun gehabt zu haben.

»Ihr Zimmernachbar Herr Kubanke wurde ermordet.«

»Ermordet?«

»Richtig. Ermordet. Kannten Sie ihn gut?«

»Nein, wir haben uns immer nur freundlich gegrüßt.«

»Wann haben Sie ihn zuletzt gesehen?«

»Wann ich ihn zuletzt gesehen habe?

Das muss heute beim Frühstück gewesen sein.«

»Beim Frühstück?«, vergewisserte ich mich und brach die Vernehmung wieder ab. Dieser Zeuge brachte mich nicht weiter.

Ich brauchte also eine weitere falsche Spur, um zum Erfolg zu gelangen. Ich wandte mich der Heimleiterin, Dr. Loska, zu.

Wie ich es oft mit ahnungslosen Verdächtigen getan hatte, lud ich Frau Dr. Loska zum Abendessen ein. Zwischen Vorspeise und Hauptgericht stellte ich der eleganten Dame die entscheidende Frage: »Wo waren Sie zwischen siebzehn und achtzehn Uhr?«

»Wo ich war?«, reagierte sie erwartungsgemäß. »Zwischen siebzehn und achtzehn Uhr? Aber Herr Oberinspektor, Sie wollen doch nicht etwa behaupten …«

Dr. Loska vergaß, dass ich bei Interpol längst zum Leitenden Kriminaldirektor befördert worden war. Es war jedoch die erste Beförderung in meiner gesamten Dienstzeit gewesen. In München bin ich immer der Oberinspektor gewesen, auch als dieser Dienstgrad bei der bayerischen Polizei längst abgeschafft war und meine Kollegen, Köster, Kress, Herzog und Voss, alle Kriminalhauptkommissare geworden waren. Doch eine solche Beförderung hätte mich auch zum Schreibtischtäter degradiert. Und das wäre nicht mehr ich gewesen. Aber sei's drum.

»Also, wo waren Sie zwischen siebzehn und achtzehn Uhr?«, wiederholte ich meine Frage.

»Der Tod lächelt uns alle an. Das Einzige, was man machen kann, ist zurücklächeln«, entgegnete sie geheimnisvoll.

Ich erkannte das Zitat und parierte: »Marc Aurel.« Philosophisches Gesülze war mir aus den letzten Jahren meiner aktiven Zeit sehr vertraut. Es war vielen Verdächtigen zu einer lästigen Gewohnheit geworden, mich mit ihren vergeistigten Betrachtungen über das Leben und die Welt zu behelligen. Wobei ich auch zugeben muss, dass ich mir gelegentliche Anmerkungen über das Böse in der Welt und die Werte, Tugenden und Moralvorstellungen nicht verkneifen konnte.

»Ich habe Kubanke nicht getötet. Sie werden mir nichts beweisen können. Und nun möchte ich meinen Anwalt sprechen.«

»Sie brauchen keinen Anwalt«, sagte ich und dachte: Sie sind nur meine falsche Spur.

Ich schaute auf die Uhr. Die Zeit raste einerseits davon, dennoch hatte ich das Gefühl, dass während des gesamten Essens nur wenige Minuten vergangen waren. Meine Uhr zeigte jedenfalls an, dass es kurz vor neun war. Die Ermittlungen kamen nicht voran, der Fall plätscherte lustlos vor sich hin. Ich wusste, dass angesichts der fortgeschrittenen Zeit eine überraschende Wendung unmittelbar bevorstehen musste. Ich bedankte mich bei Dr. Loska für die freundliche Gesellschaft beim Abendessen, gemeinsam gingen wir zurück zum Seniorenstift.

Vor dem Haupteingang sah ich im Schneetreiben einen schwarzen Lieferwagen parken. Beim näheren Hinsehen erkannte ich: Es war ein Leichenwagen mit dem Schriftzug piet@bergisch-land.de. Ich musste einige Sekunden nachdenken, bis ich kombinierte: Ausgesprochen bedeutete dies: Piet-Ät-Bergisch-Land.de. Pietät Bergisch Land. Sehr originell. Der Fahrer des Wagens war für Dr. Loska offenbar kein Unbekannter.

»Guten Tag, Herr Bondeck, es wäre falsch zu sagen: Schön, Sie zu sehen.«

»Ich mache auch nur meine Arbeit. Einer muss sie ja machen. Schönen guten Abend.«

Der Leichenwagenfahrer mit dem austauschbaren Gesicht wie aus einer Vorabendserie nickte mir freundlich zu, dann zückte er ein schwarzes Notizbuch aus der Tasche eines ebenso schwarzen Jacketts. »Ich komme wegen des Herrn …«

»Kubanke.« Loska wandte sich an mich: »Können wir die Leiche schon freigeben? Sind Ihre Untersuchungen abgeschlossen?«

»Wieso Kubanke?«, unterbrach sie der Bestatter und schaute noch mal in sein Notizbuch. »Hier steht der Name von Kostloff. Den soll ich abholen.«

»Kostloff?«, fragten Loska und ich unisono.

»Das muss ein Irrtum sein«, sagte die Heimleiterin. »Kostloff lebt, aber Herr Kubanke ist tot. Wieso haben Sie den Namen von Kostloff in Ihrem Notizbuch stehen?«

Mit Blick auf die Uhr – 21.10 Uhr – wurde mir schlagartig klar, dass der Fall unmittelbar vor der Auflösung stehen musste.

»Ich beschlagnahme das Notizbuch«, sagte ich bestimmt, nahm das Buch und blätterte es durch. Den Namen von Kubanke fand ich erst unter dem Datum eine Woche später. Dann fiel es mir beinahe vor Schreck aus der Hand. Was ich unter dem Datum des darauf folgenden Freitag las, ließ das Blut in meinen Adern gefrieren. Dort stand, in fein säuberlichen Druckbuchstaben: mein Name.

Mehrfach bin ich bei meinen Ermittlungen in Lebensgefahr geraten. Mir sollten hinterhältige Fallen gestellt werden, und kurz vor meinem Ausscheiden aus dem aktiven Polizeidienst hatte ein Gangster namens Kaschonnek als Abschiedsgeschenk ein Attentat auf mich geplant. Doch dass im Notizbuch eines Bestattungsunternehmers meine Leiche zur Abholung eingetragen war, das überstieg alles je Dagewesene.

Ich musste mich setzen und einmal tief durchatmen.

»Was denkst du?«, wollte ich meinen Assistenten um Rat fragen, bis ich realisierte, dass ich völlig auf mich allein gestellt war.

Nach wenigen Augenblicken war ich wieder Herr meiner Sinne und hatte die Ermittlungen in diesem verzwickten Fall voll im Griff. Es war schon immer eine große Gefahr, die Kontrolle zu verlieren, sobald man selbst in einen Fall involviert wurde. Nur dreimal in meiner gesamten Laufbahn blieb ein Fall nach einer Stunde ungelöst. Mir war klar: In den nächsten Minuten musste etwas Entscheidendes passieren. Ich kombinierte: Das Opfer war vergiftet worden und hatte kurz vor dem Tod das Abendessen zu sich genommen.

»Wo ist der Koch?«, fragte ich und ließ mich von Loska zur Küche bringen. Dort saß der pockennarbige Koch mit schmutziger Kochmütze auf einem Stuhl in einer dunklen Ecke und wartete förmlich darauf, sein Geständnis loswerden zu können.

»Oberinspektor«, flehte er mich an. »Ich halte es nicht länger aus, befragen Sie mich, damit ich gestehen kann.«

Mit energischen Schritten ging ich auf ihn zu und stellte die entscheidende Frage: »Wo waren Sie zwischen siebzehn und achtzehn Uhr?«

Ich merkte sofort, wie der Narbige meinem psychologischen Druck nicht mehr standhielt. Schon viele Mörder hatte ich allein mit beharrlichem Schweigen zum Reden gebracht.

»Ich war hier und habe das Essen für die Gäste zubereitet. Dabei habe ich wohl die Teller verwechselt und die für Kostloff vorgesehene tödliche Dosis Zyankali versehentlich in die Suppe von Herrn Kubanke gemischt. Ein verhängnisvoller Irrtum, denn Herr Kubanke sollte eigentlich erst nächste Woche an der Reihe sein.«

»Und dann ich?«, fragte ich.

»Ja, dann Sie, Herr Oberinspektor. Die Namensliste habe ich von Herrn Bondeck bekommen. Er zahlt mir viel Geld dafür, dass ich die Insassen des Altenheims vorzeitig in den Genuss seiner Dienstleistungen bringe. Und wissen Sie, ich brauche das Geld, ich bin heroinsüchtig, meine Mutter sitzt im Rollstuhl. Verstehen Sie mich denn nicht? Ich hatte eine schwere Kindheit und bin von meinem Onkel misshandelt worden.«

Ich schwieg und schaute den Täter verständnisvoll an. Er hatte recht, dass die Tage der Menschen, die ins »Haus Heimkehr« kamen, gezählt waren. Ich hatte oft Verständnis für den Täter und habe immer auch seine menschliche Seite gesehen. Es geht immer um die Menschlichkeit, die erforderlich ist, wenn es um das schlimmste Verbrechen geht. Doch auch in diesem Fall mussten Recht und Ordnung die Oberhand behalten. Meine persönlichen Gefühle mussten vor dem Gesetz zurückstehen. Triumph habe ich nie gespürt, wenn ich einen Verbrecher überführt habe.

»Sie haben einen arglosen Menschen umgebracht.« Und dann sprach ich mal wieder den Satz: »Ich verhafte Sie wegen Mordes.«

Die Heimleiterin kam auf mich zu und sagte mit betretener Miene: »Danke, Herr Oberinspektor, dass Sie diesem grausamen Treiben ein Ende gesetzt haben.« Nun erkannte ich in Frau Dr. Loska auch Evelyn Opela, die Produzenten-Gattin, die immer wieder kleine und größere Rollen in der Serie bekommen hatte. Die Kamera zoomte auf das Gesicht von Dirk Galuba, der den Mörder spielte. Ich erkannte auch Philipp Moog als Leichenwagenfahrer und erinnerte mich, den Toten, gespielt von Winfried Glatzeder, erst vor Kurzem im Dschungel-Camp gesehen zu haben. Dann lief der Abspann zur Musik von Frank Duval.

Ich griff zum Telefon und rief meinen Assistenten an: »Harry, fahr schon mal in Hückeswagen vor.«

Dann wachte ich auf. Der Bus hielt in der Peterstraße. Ich war angekommen. Und es war höchste Zeit für den verdienten Ruhestand.

Ich stieg aus und stand nun vor der Seniorenresidenz »Haus Heimkehr«, wo ich beabsichtigte, den Lebensabend zu verbringen. An der Rezeption wurde ich außerordentlich freundlich von einem jungen Herrn empfangen.

»Grüß Gott«, wollte ich sagen, wie ich es mir vor Jahrzehnten angewöhnt hatte. Doch dann besann ich mich, wo ich mich befand, und sagte freundlich: »Guten Tach. Mein Name ist …«

Ian McEwan

Schon mal Schneemobil gefahren?

Trotz der unzähligen Stunden, die er mit Reisen verbrachte, war das Reisen nicht seine Sache; nicht weil er unorganisiert oder ängstlich war, sondern weil ihm auf langen Reisen jedes Mal eine gewisse geistige Unzulänglichkeit zu schaffen machte, eine Leere im Kopf, eine gelangweilte Unrast, die, so dachte er, während er sich anschnallte, seinen wahren Zustand verriet, den er im Alltagstrott oder Schlaf nicht bemerkte. Auch auf festem Boden las er nie ein Buch zu Ende. Er war der Typ, der auf Reisen aus dem Fenster starrte, egal was dort zu sehen war, oder auf die Rückenlehne des Vordersitzes oder aber ein Bordmagazin von hinten nach vorn durchblätterte. Bestenfalls las er populärwissenschaftliche Zeitschriften wie jetzt gerade den *Scientific American,* um sich, wenn auch nur auf Laienniveau, in physikalischen Dingen auf dem Laufenden zu halten. Aber selbst dabei war seine Konzentration beeinträchtigt, da er aus lästiger, lebenslanger Gewohnheit ständig nach seinem eigenen Namen Ausschau hielt. Der sprang ihm wie fettgedruckt entgegen, auch wenn er eine Doppelseite voll Kleingedrucktem nur überflog, und manchmal spürte er ihn schon kommen, bevor er die Seite umgeschlagen hatte. Störend war auch seine überentwickelte Fähigkeit, den genauen Standort des Getränkewagens im Gang wahrzunehmen, das gedämpfte Klirren und sein asymptotisches Näherkommen. Mit oder ohne Drink neigte er auf Flugreisen zu ausschweifenden sexuellen Phantasien oder Erinnerungen oder einer Mischung aus beidem.

Die Ovationen seiner Kollegen klangen ihm noch in den Ohren, während das Flugzeug Kurs nach Norden nahm, er seine Zeitschrift aufschlug und sich, so gut er konnte, in einen grell illustrierten Artikel über Photonen und Antimaterie vertiefte – doch schon nach fünf Minuten schlug sein Herz plötzlich höher, als er in einem Nebensatz die drei magischen Worte erblickte: Beard-Einstein-Theorem. Nicht das Bose-Einstein-Kondensat, nicht das Einstein-Podolski-Rosen-Paradoxon, nicht Einstein pur, sondern das eigentlich Wahre, jene Verschmelzung aus Einstein und Beard, und vor lauter Freude sehnte er umso heftiger den Getränkewagen herbei, der immer noch zweieinhalb Meter von ihm entfernt war. Natürlich war er sich des Glücksfalls bewusst, dass ihn der Bulldozer von einem weltberühmten Genie auf dem winzigen Vehikel seines Talents, diesem schmächtigen Dreirad, ein Stückchen hinter sich hergezogen hatte. Einstein hatte die Vorstellungen der Menschheit von Licht, Schwerkraft, Raum, Zeit, Materie und Energie auf den Kopf gestellt, er hatte das moderne Weltbild begründet, seine Stimme für die Demokratie erhoben, hatte sich zum Vorhandensein oder Nichtvorhandensein von Gott geäußert, war für die Atombombe eingetreten, dann dagegen, hatte Geige gespielt, gesegelt, Kinder gezeugt, das Geld vom Nobelpreis seiner ersten Frau geschenkt und einen Kühlschrank erfunden. Beard hatte nichts als sein Theorem beziehungsweise seine Hälfte davon. Wie ein Schiffbrüchiger hatte er sich an diese eine Planke geklammert und sich zu den Auserwählten gezählt. Wie war es nur so weit gekommen? Vielleicht stimmte es ja doch, und das Komitee hatte sich auf keinen der drei Spitzenkandidaten einigen können und dann eben den viertbesten genommen.

Am Ende hatte man sich jedenfalls für Beard entschieden; viele meinten, es sei ohnehin mal wieder ein britischer Physiker fällig gewesen, auch wenn gewisse Kollegen hinter vorgehaltener Hand tuschelten, das Komitee habe bei seiner verzweifelten Suche nach einem Kompromiss Michael Beard mit Sir Michael Bird verwechselt, einem begabten Amateurpianisten, der sich mit Neutronenspektroskopie beschäftigte.

Von diesen missgünstigen Gerüchten einmal abgesehen, hatte er damals im Stand der Gnade gelebt, ein paar selige Monate in dem alten Pfarrhaus in den South Downs fieberhaft mit Berechnungen und Korrekturen verbracht, belagert von den zänkischen Vorwürfen seiner ersten Frau Maisie und dem ewigen Babygeschrei der Zwillinge ihrer Mitmieter. Was für ein Kraftakt an Konzentration! So lange war das her, so schwer, sich in Erinnerung zu rufen, wie sich jene Tage anfühlten, wie seine Begeisterung. Manchmal schien es ihm, als habe er sich sein ganzes Leben lang von der Arbeit eines unbekannten jungen Mannes mitziehen lassen, eines Physikers, der von einer Klugheit und Engagiertheit war, von der er selbst nur träumen konnte. Er musste der Tatsache ins Auge sehen – dieser einundzwanzigjährige Physiker war ein Genie gewesen. Nur, wo war er abgeblieben? War er wirklich noch derselbe Michael Beard, von dessen Paper Richard Feynman so angetan gewesen war, dass er nicht mehr an sich halten konnte und die Solvay-Konferenz 1972 vor Begeisterung unterbrochen hatte? Erinnerte sich noch irgendwer, kümmerte noch irgendwen dieser denkwürdige magische Moment von Solvay? Was die kreischenden Zwillinge anging, so hatte er voriges Jahr bei der Hochzeit des einen oder anderen der beiden feststellen können, dass aus ihnen übergewichtige Mittdreißiger geworden waren, Zahnarzt der eine, Hedge-Fonds-Manager der andere, wichtigtuerisch alle beide. So alt wie das Theorem.

Nach Drinks, Lunch und weiteren Drinks ließ er die Zeitschrift von seinem Schoß rutschen, starrte den Knopf an, an dem der Kopfstützenbezug des Vordersitzes befestigt war (er hatte keinen Fensterplatz), versank in vertraute Träumereien und wertete es als Zeichen wiederkehrender geistiger Gesundheit, dass Patrice nicht mehr deren einziges Thema war. Man hatte ihm Kurzbiographien und

Fotos der anderen Besucher des zugefrorenen Fjords geschickt, und da war ihm das Lächeln einer Konzeptkünstlerin aufgefallen, deren Name, Stella Polkinghorne, sogar ihm bekannt war. Zuletzt hatte es Wirbel um sie gegeben, als ihr ein Prozess wegen Urheberrechtsverletzung drohte. Sie hatte für die Tate Gallery of Modern Art auf einer Spielwiese in Catford ein gigantisch vergrößertes Monopoly-Brett installiert, hundert mal hundert Meter, auf dem man herumspazieren konnte, gesäumt von beinahe lebensgroßen Nachbildungen der Häuser an der Park Lane und Old Kent Road, an denen man das Wohlstandsgefälle beobachten konnte. In den Park-Lane-Häusern der Reichen von Mayfair gab es Wandteppiche, Holzschnitte von Dürer und leere Champagnerflaschen, bei den armen Bewohnern der Old Kent Road im East End dagegen Hamburger-Schachteln, Heroinspritzen und Fernseher, in denen ununterbrochen Seifenopern liefen. Die Würfel waren zwei Meter groß, die Gemeinschaftskarten wurden mit einem Kran angeliefert, die eselsohrigen Banknoten aus Sperrholz waren zu fünfundzwanzig Meter hohen wackligen Stapeln aufgetürmt. Das Ganze wurde als Anklage gegen eine vom Geld besessene Kultur interpretiert. *Gehe Nicht Über Los* wurde gepriesen und verunglimpft und von Passagieren beim Anflug auf Heathrow aus der Luft fotografiert. Kinder trampelten scharenweise auf dem Brett herum und krochen unter die hohlen Spielsteine. Die Hersteller des Spiels reichten Klage ein, zogen diese jedoch angesichts öffentlichen Spotts und steigender Verkaufszahlen wieder zurück. Eine Vereinigung der Ladenbesitzer aus der Old Kent Road zog ebenfalls vor Gericht, oder kündigte das jedenfalls an, aber auch das blieb folgenlos.

Im Geiste überstrahlte Polkinghornes Lächeln Beards melancholische Betrachtungen über das Ende seiner Ehe. Er badete in einer wohltuenden Mischung aus Trauer, Zorn, Sehnsucht (nach den anfänglichen Wonnen) und wohliger Nachsicht gegenüber dem eigenen Scheitern. Wieder einmal. Fünf waren endgültig genug. Er würde das nie mehr auf sich nehmen – und mit diesem Gedanken kam das Bewusstsein seiner wiedergewonnenen Freiheit zurück. Wenn alles geregelt war, würde er sich eine kleine Wohnung in London kaufen; dort wäre er ganz auf sich gestellt, würde eisern seine Unabhängigkeit verteidigen und diese hartnäckige Angewohnheit, ständig heiraten zu müssen, endgültig ablegen. Er brauchte keine Ehefrauen, sondern eine Geliebte, oder mehrere.

Teilnahmslos ließ er sich nach Oslo und von dort nach Trondheim verfrachten. Der Weiterflug nach Longyearbyen verzögerte sich um zweieinhalb Stunden; in einem Schalensessel las er in der Zwischenzeit voll konzentriert die *Herald Tribune,* ohne sich irgendetwas zu merken. Es war drei Uhr morgens, als sein Taxi neben gewaltigen Schneemassen vor dem Hotel hielt. Er hatte seit Stunden nichts gegessen. In Pullover, Anorak und langen Unterhosen legte er sich auf das an drei Seiten von mächtigen Holzbalken umschlossene Bett, aß sämtliche salzigen Snacks aus der Minibar, dann alle süßen, und als er um acht von der Rezeption geweckt wurde und erfuhr, dass die anderen unten schon alle auf ihn warteten, hielt er noch die zerknüllte Verpackung eines Marsriegels in der Faust.

Als Erstes musste er seinen Durst löschen, aber das Wasser aus dem Hahn über seinem Waschbecken war so kalt, dass es ihm auf den

Lippen brannte. Er trank so gierig, dass er davon ein Stechen im Gesicht und an den Schläfen bekam, das auch noch da war, als er, von Schlafmangel wie betäubt, mit seinem Gepäck nach unten ging, um seine Reisegefährten zu treffen – die schon gefrühstückt hatten und jetzt frisch-fröhlich in die für sie bereitliegenden Kälteschutzanzüge stiegen. Im trüben, von Sonnenenergie erzeugten Licht des Foyers und im Geschiebe viel zu dick eingemummter Leiber sah er keine Spur von Stella Polkinghorne. Ja, das kannte er von früher, die manische Ausgelassenheit der Engländer, sobald sie sich zu größeren Gruppen zusammenfanden. Aus verschiedenen Ecken ertönte vereinzeltes Auflachen und einstimmiges Kichern. Und das morgens um zwanzig nach acht. Tapfer überspielte er seine Beklommenheit, zwang sich zu einem Lächeln, schüttelte viele Hände und bekam viele Namen zu hören, von denen er keinen einzigen behielt, in Gedanken bei dem Kaffee, den er nicht mehr bekommen würde. Wie sollte er so den Tag beginnen? Die Kanne in der Maschine war leer, der Frühstückstisch wurde bereits von einem Mädchen abgeräumt, das kein Wort Englisch sprach und nicht einmal das planetenweit bekannte und von ihm laut und deutlich artikulierte Wort »coffee« verstand, und jetzt erklärte ihm Jan, einer der Organisatoren und ein Elch von einem Mann, für Kaffee sei es ohnehin zu spät, führte ihn zu dem eigens für ihn bestimmten Stapel Kälteschutzbekleidung und meinte, er solle sich beeilen, man erwarte in den nächsten zwei Stunden einen Schneesturm, die Gruppe müsse schleunigst aufbrechen.

Die anderen gingen schon ins Freie, und er war noch immer nicht fertig. Ein sehr alter Mann mit Schnee im Bart und einer feuchten, unangezündeten Zigarette im Mundwinkel kam herein, schnappte sich leise schimpfend Beards Gepäck, legte es auf den Anhänger eines Motorschlittens und fuhr los. Die Kellnerin und Jan waren verschwunden, Beard stand völlig allein im Foyer. Das hatte er in längst vergessenen Schulzeiten auch schon erlebt, nicht nur das Zuspätkommen, sondern auch das Gefühl, ein ahnungsloser, erbärmlicher Wicht zu sein, während seltsamerweise alle Übrigen Bescheid wussten, als hätten sie sich gegen ihn verbündet. Immer der Letzte, der dicke Beard, beim Mannschaftssport nicht zu gebrauchen. Diese Erinnerungen machten ihn noch unbeholfener, noch unentschlossener. Obwohl er bereits viele Schichten Skikleidung anhatte, sollte er nun auch noch in diesen zusätzlichen Schutzanzug steigen und sogar noch ein zweites Paar Stiefel über seine eigenen ziehen. Es gab Innenhandschuhe und riesige Außenhandschuhe, eine dicke Biwakmütze aus einer Art Teppichunterlage, die er über seiner eigenen Skimütze tragen sollte, und schließlich eine Schutzbrille und einen Motorradhelm.

Er schaffte es in den Anzug – das Ding wog mindestens zwanzig Pfund –, zog die staubige Vlieshaube über, zwängte den Helm auf seinen Kopf, fuhr in Innen- und Außenhandschuhe, erkannte, dass er mit diesen Handschuhen unmöglich die Schutzbrille aufsetzen konnte, zog die Handschuhe wieder aus, spannte die Schutzbrille vor die Augen, zog die Innen- und Außenhandschuhe an, und dann fiel ihm ein, dass seine eigene Skibrille, seine Handschuhe, der Flachmann und der Fettstift für die Lippen, die neben ihm auf dem Stuhl lagen, auch noch irgendwie verstaut werden mussten. Er zog Innen- und Außenhandschuhe wieder aus, stopfte nach langem Kampf mit dem Reißverschluss des

Außenanzugs den ganzen Kram in eine Innentasche seiner Jacke, zog Innen- und Außenhandschuhe wieder an und stellte fest, dass in der feuchtwarmen Luft des Foyers und durch seine schwitzende Ungeduld die Schutzbrille beschlug. Erhitzt und erschöpft, eine unangenehme Kombination, stand er zornbebend auf, drehte sich um und stieß mit lautem Krachen gegen einen Balken oder eine Säule, was genau, das konnte er nicht erkennen. Welch ein Glück, dass der Nobelpreisträger einen Helm aufhatte. Kein Schaden an seinem Schädel, aber das linke Glas seiner Schutzbrille hatte jetzt einen diagonal verlaufenden Sprung, durch den das mattgelbe Licht im Foyer ihm nur noch gebrochen, als Streulicht ins Auge fiel. Um Helm, Biwakmütze und Schutzbrille abzunehmen und das Kondenswasser abzuwischen, musste er alle vier Handschuhe ausziehen, und das war mit seinen längst völlig verschwitzten Händen kein Kinderspiel. Als er die Schutzbrille endlich abgenommen hatte, lag es nur nahe, dass er damit zu dem fast abgeräumten Frühstückstisch ging und eine benutzte, aber nicht allzu benutzte Papierserviette nahm, um die Gläser zu putzen. Vielleicht war es Butter, vielleicht war es Haferbrei oder Marmelade, womit er das schon zerkratzte Plexiglas beschmierte, aber wenigstens war es nicht mehr beschlagen, und nachdem er die Biwakmütze übergestreift hatte, schnallte er relativ problemlos die Schutzbrille um den Helm, rückte sie zurecht, zog die vier Handschuhe wieder an und erhob sich, endlich bereit, den Elementen zu trotzen.

Die neue Frühstücksbeschichtung schränkte seine Sicht ziemlich ein, sonst hätte er die Stiefel unter seinem Stuhl früher bemerkt. Also runter mit den Handschuhen – nur nicht die Geduld verlieren –, aber nach einigem Gefummel mit den Schnürbändern kam er zu dem Schluss, dass er ohne die Schutzbrille besser sehen würde. Als er wieder klare Sicht hatte, bestätigte sich seine Vermutung: Die Überstiefel waren viel zu klein, mindestens drei Größen, und die Erkenntnis, dass er hier nicht der einzige Trottel war, tröstete ihn ein wenig. Unverzagt beschloss er, es noch ein letztes Mal zu versuchen, und während er also aufs Neue seinen in einem Wanderstiefel steckenden Fuß in einen pelzgefütterten Schneeschuh zu rammen versuchte, kam mit einem Schwall eiskalter Luft Jan ins Foyer gestapft.

»Mein Gott, spinnst du oder was?«

Der Elch von einem Mann ging vor ihm in die Knie, rupfte ihm ungeduldig die Wanderstiefel von den Füßen, knotete sie an den Schnürsenkeln zusammen und hängte sie Beard um den Hals.

»Versuch's jetzt mal.«

Seine Füße glitten in die Schneeschuhe, Jan schnürte sie hastig zu und stand auf.

»Los, Mann. Auf geht's!«

Vielleicht trug seine Verlegenheit dazu bei, dass die Schutzbrille wieder beschlug, dennoch hatte er eine ziemlich gute Vorstellung davon, wo es zum Ausgang ging; außerdem konnte er sich grob am Umriss von Jans Schulter orientieren.

»Schon mal Schneemobil gefahren?«

»Selbstverständlich«, log er.

»Sehr gut. Wir müssen die anderen einholen.«

»Wie weit ist es bis zum Schiff?«

»Hundertfünfzehn Kilometer.«

Als sie ins Freie traten, schlug ihm der Wind ins Gesicht, mindestens so hart wie Tarpin und mit denselben schmerzhaften Nachwirkungen. Das Kondenswasser in seiner Brille gefror auf der Stelle – bis auf einen kleinen Fleck, durch dessen Marmeladeschlieren er gerade noch erkennen konnte, wie Jan zu Fuß einen in den tiefen Schnee gegrabenen Weg einschlug, der sich zwischen den schemenhaft erkennbaren Gebäuden hindurchschlängelte. Nach zehn Minuten erreichten sie den Rand der Siedlung, eine endlose weiße Fläche, die sich am Horizont im Nebel verlor. Vielleicht ein Flugplatz, denn nicht weit von ihnen knatterte ein orangeroter Windsack waagerecht im Wind. An einem Graben standen zwei Motorschlitten und stießen geräuschvoll ihren eigenen blauschwarzen Nebel aus.

»Ich bleibe hinter dir«, sagte Jan. »Mindestens fünfzig Stundenkilometer, sonst kommen wir nicht vor dem Sturm an. Okay?«

»Okay.«

Aber nichts war okay. Der stürmische Wind kam direkt von vorn. Seine Ohrläppchen, tief im Helm verborgen, waren bereits taub, Nasenspitze und Zehen ebenfalls. Um etwas zu sehen, musste er den Kopf schief legen, durch ein schrumpfendes schlieriges Loch spähen und gleichzeitig an dem glitzernden Sprung vor seinem linken Auge vorbeischielen. Aber das alles war nebensächlich, mit Blindheit und Schmerzen konnte er leben. Ein viel größeres Problem beunruhigte ihn, als er sich seinem Motorschlitten zuwandte. In seiner fahrigen Hast an diesem Morgen hatte er das ganze übliche Programm verschusselt. Er hatte sich weder rasiert noch gewaschen und das Bad überhaupt nur betreten, um einen halben Liter eiskaltes Wasser zu trinken. Dann war er mit seinem Gepäck aus dem Zimmer gerannt. Jetzt hatten sie minus sechsundzwanzig Grad bei Windstärke fünf, sie mussten sich beeilen, ein Sturm zog auf, Jan saß schon auf seiner Maschine und jagte den Motor hoch, und Beard, dick verpackt in zahllose Schichten widerspenstiger Kleidung, musste dringend Wasser lassen.

Er sah sich um, so gut es ging. Die nächsten Häuser waren vierhundert Meter weit weg, die glatten Fassaden wiesen nur jeweils ein oder zwei winzige Fenster auf, hinter denen sich wohl die Toiletten verbargen. Ach, jetzt dort sein, in einem geheizten gekachelten Raum, barfuß im Pyjama, in aller Ruhe pinkeln können und dann noch einmal für ein Stündchen ins warme Bett zurück. Aber er könnte es auch gleich hier im Graben machen, sich mit dem Rücken zum Wind stellen, die Handschuhe ausziehen, mit bloßen Fingern den störrischen tiefgefrorenen Reißverschluss seines einteiligen Kälteschutzanzugs öffnen, unter der Jacke nach den Trägerschnallen seiner Skilatzhose tasten und sie irgendwie runterzerren, sich durch Pullover und Hemd, das lange Seidenunterhemd, die lange Unterhose und die kurze Unterhose wühlen, um endlich ans Ziel zu kommen und den Augenblick der Erleichterung zu genießen, an den er nicht zu denken wagte. Nein, zu kompliziert, das würde warten müssen, und außerdem fühlte er sich gleich besser, als er auf dem Sattel seines Schneemobils saß.

Das Ding war ein schwachbrüstiges Gefährt auf Kufen, leicht zu bedienen. Einmal kurz den Gashebel rechts am Lenker gedreht, und es schoss mit überfordert aufbrüllendem Motor und einer stinkenden schwarzen Auspuffwolke nach vorn. Binnen Sekunden ratterte er über die Ebene, spähte durch die Sichtlöcher seiner Brille, immer den Spuren nach, die die anderen hinterlassen hatten und die zum Glück von der aufgehenden Sonne seitlich angestrahlt wurden. Der Wind, plötzlich ein Sturm von hundert Stundenkilometern, schnitt durch die Schichten seiner Kleidung, seine Nasenhaare erstarrten zu Stahlnadeln, die Zähne, alle seine Zähne, taten weh, sein Gesicht fühlte sich an wie abgeschält. Durch ein Wunder der Osmose fand die ganze Luft, die er ausatmete, einen Weg ins Innere seiner Schutzbrille und gefror; innerhalb von zehn Minuten sah er gar nichts mehr, nur noch verschwommene Kristalle. Er musste anhalten. Jan hielt neben ihm. Erstaunlicherweise zeigte er Verständnis.

»Pass auf.«

Er klappte ein dünnes Blech hoch und klemmte Beards Schutzbrille über den warmen Motor. Sie standen auf einer gut dreihundert Meter breiten Landzunge, zwischen zwei Seen, vielleicht war es auch eine Bucht, vielleicht war das Meer nicht mehr weit; Beard war es zu kalt, um sich danach zu erkundigen. Der endlose Schnee glühte orangefarben in der Morgensonne, die Fahrspur vor ihnen lief schnurgerade auf eine viele Kilometer entfernte niedrige Bergkette zu, über der oder hinter der eine schwarze Wolkenwurst schwebte. Er hätte, während sie warteten, beiseitetreten und sich erleichtern können, aber jetzt blies der Wind noch heftiger, und eigentlich musste er gar nicht mehr so dringend. Er fand es unglaublich, geradezu kriminell, dass die Bewohner von Spitzbergen es für vernünftig hielten, in einem solchen Klima ein offenes Gefährt zu benutzen, wo ein menschenfreundliches Fahrzeug mit Heizung, anständiger Windschutzscheibe und Rückenlehne – ein Auto! – das eine oder andere Leben retten könnte. Seine Entrüstung lenkte ihn vorübergehend ab; erst als er wieder mit seiner enteisten Brille im Sattel saß und aufs Neue dem brüllenden Wind entgegenfuhr, erkannte er, dass er an einem Punkt angelangt war, wo er keine Sekunde mehr zu verlieren hatte: Entweder hielt er jetzt an und pinkelte, oder ihm platzte die Blase, mit der Folge, dass er an einer Infektion sterben würde, oder er machte sich nass und erfror in durchnässter Kleidung. Dennoch fuhr er weiter. Sie hatten schätzungsweise noch hundert Kilometer vor sich, und er fuhr mit vierzig Stundenkilometern. Zweieinhalb Stunden. Vollkommen ausgeschlossen.

Aber er hielt trotzdem nicht an. Um sich abzulenken, versuchte er sich zu erinnern, wann er das letzte Mal gepinkelt hatte. Offenbar im Flughafen von Longyearbyen, während er auf sein Gepäck wartete, spätnachts, vorgestern. Seit fünfunddreißig Stunden nicht mehr gepinkelt. Einfach vergessen? War er wirklich so beschäftigt?

Sobald ihm aufging, dass er, verwirrt von der Kälte, einen Tag zu viel berechnet hatte, bremste er scharf und flog in seinem Ungestüm beinahe aus dem Sattel. Er hörte noch, wie Jans Maschine auf seine auffuhr, hastete aber, ohne sich umzudrehen, davon. Das Gelände hier war schwierig. Der Weg führte in einer gestreckten S-Kurve durch eine Rinne, die links und rechts von zehn Meter hohen Wänden aus Fels und Eis umschlossen war. Ein letzter Rest von Anstandsgefühl zog ihn zu einer dieser Wände hin, als sei dort ein Pissoir; er kehrte dem Wind den Rücken zu, krümmte sich nach vorn und biss in den rechten Außenhandschuh. Jan rief ihm etwas zu, aber er wollte jetzt nicht in ein Gespräch verwickelt werden. Kaum hatte er den Handschuh, einen Finger nach dem anderen, mit den Zähnen von seiner Hand gezerrt, war sie auch schon gefühllos und wie gelähmt. Er brauchte über zwei Minuten, um den Reißverschluss seines Kälteschutzanzugs aufzuziehen, und stellte dann fest, dass er beide Hände benötigte, um durch die Jacke zu den

Trägerschnallen seiner gesteppten Skilatzhose zu gelangen; also zog er mit seiner lahmen Rechten auch noch die linken Handschuhe aus. Wieder beschlug die Brille und fror zu. Dennoch musste er die Ruhe bewundern, mit der er sich durch seine vielschichtige Kleidung wühlte, während seine kostbare Körperwärme sich in die brutale Kälte verflüchtigte, der Wind ihm den Rücken peitschte und von der Wand in sein Gesicht zurückprallte. Erst in den allerletzten Sekunden, als seine schwerfällige rosarote Hand kalt wie die eines Fremden in seine Unterhose griff, fürchtete er die Beherrschung zu verlieren. Aber dann war es endlich so weit: Mit einem Freudenschrei, der im Heulen des Sturms unterging, richtete er den Strahl gegen die Eiswand.

Sein Fehler war, dass er am Ende ein paar Sekunden wartete, wie Männer seines Alters es häufig tun, falls noch etwas nachtröpfelt. Er hätte sich umdrehen und hören sollen, was Jan ihm zurief. Vielleicht wäre ihm das Unvermeidliche auch nur erspart geblieben, wenn er eine der anderen Einladungen angenommen hätte, auf die Seychellen, nach Johannesburg oder San Diego, oder aber, wie er später mit einiger Verbitterung dachte, wenn der Klimawandel – der drastische Temperaturanstieg nördlich des Polarkreises – eine Realität und nicht bloß die Erfindung irgendwelcher Aktivisten wäre. Denn als er sein Geschäft erledigt hatte, klebte sein Penis am Reißverschluss des Kälteschutzanzugs fest, in ganzer Länge dort angefroren, wie nur lebendiges Fleisch sich mit eiskaltem Metall verbinden kann. Fassungslos besah er die Bescherung, und weitere kostbare Sekunden verrannen. Als er schließlich vorsichtig daran zupfte, durchfuhr ihn reißender Schmerz. Und Schmerzen litt er ohnehin schon von der Kälte.

Er blieb mit gespreizten Beinen vor der Felswand stehen. Ausgeschlossen – wie man es mit einem Heftpflaster macht –, das Ding mit einem Ruck abzureißen. Er hatte einmal von einem amerikanischen Wanderer gelesen, der sich in menschenleerer Wildnis einen Arm hinter einem Felsen eingeklemmt hatte und nur freigekommen war, weil er sich mit seinem Taschenmesser den Ellbogen durchgesägt hatte. Solcher Eifer war Beard fremd, außerdem hatte man von Ellbogen, Unterarm und Hand immerhin zwei Exemplare, da konnte man notfalls auf eins verzichten. Zitternd stand er im tobenden Polarwind und beobachtete entsetzt, wie sein Penis zusammenschrumpfte und sich noch fester an den Reißverschluss schmiegte. Ja, er wurde nicht nur kleiner, jetzt wurde er auch noch weiß. Nicht weiß wie ein leeres Blatt Papier, sondern silbrig glänzend wie eine Christbaumkugel.

Panik stieg in ihm auf, aber um Hilfe rufen kam nicht infrage. Gegen die aufkommende Panik half es auch nicht gerade, dass sein Kopf in einer erstickenden Vlieshaube, einem massiven Helm sowie einer Schutzbrille feststeckte, durch die er so gut wie nichts mehr sehen konnte. Mangels anderer Möglichkeiten bedeckte er seine Blöße mit einer Hand – einer Hand, die einem Eisklotz glich. Er kam sich immer schwerfälliger vor, er fühlte sich schläfrig, wie es bei Leuten in extremer Kälte angeblich vorkommen soll, seine Gedanken schlingerten in Zeitlupe. Er sah Jock Braby im Fernsehen mit nachsichtigem Lächeln einen Nachruf sprechen. *Er wollte sich mit eigenen Augen von der globalen Erwärmung überzeugen.* Unsinn, natürlich würde er überleben. Allerdings ohne Penis. Ein gefundenes Fressen für seine Exfrauen, besonders Patrice. Aber er würde niemandem davon erzählen. Er würde still und leise mit seinem Geheimnis leben. Er würde ins Kloster gehen, gute Werke tun, nach armen Leuten sehen. Bibbernd stellte er sich zum ersten Mal in seinem Leben die Frage, ob das Dasein der Menschen bestimmten Zwecken und Zielen folgte, ob es so etwas wie griechische Götter gab, die mit viel Sinn für Ironie auf Rache sannen und rabiate Strafen verhängten.

Aber der Vernunftmensch in Beard war nicht totzukriegen. Er hatte ein Problem, also sollte er versuchen, es zu lösen. Ergeben griff er in die Innentasche seiner Jacke. Nach seiner Dissertation hatte er eine Zeit lang in der Tieftemperaturforschung gearbeitet; die Grundkenntnisse aber besaß der dicke Beard, in Sport eine Niete, in Physik ein Streber, schon seit seiner Schulzeit. Reiner Äthylalkohol gefror bei minus einhundertvierzehn Grad, das wusste jeder. Vierzigprozentiger Schnaps hatte demnach einen Gefrierpunkt von … minus fünfundvierzig Komma sechs Grad. Endlich hielt er den Flachmann in der Hand, schraubte mühsam den Deckel auf und brachte sein Trankopfer dar. Binnen Sekunden war er frei.

Als er ihn wieder verstaute, war sein bedauernswerter Schwanz hart wie Eis, aber nicht mehr weiß. Und er brannte: ein schauderhaft stechender Schmerz, der ihn beim Anziehen seiner Sachen beträchtlich lähmte. Als nach zehn Minuten endlich alles saß, stolperte er dorthin zurück, wo sein Führer auf ihn wartete.

»Tut mir leid. Die Natur hat gerufen.«

Jan packte ihn am Ellbogen. »Du siehst schlecht aus, Mann. Hier, die Stiefel sind dir vom Hals gefallen. Wir nehmen meine Maschine. Deine holen wir später.«

Er ließ sich zu Jans Motorschlitten führen, und dort ereilte ihn das Verhängnis. Als er ein Bein hob, um sich auf den Sitz hinter seinem Führer zu schwingen, spürte er – ja hörte er beinahe – ein furchtbares Reißen in seinen Lenden, ein Knacken, ein Bersten wie eine Geburt, das Kalben eines Gletschers. Er schrie auf, Jan drehte sich um, stützte ihn, half ihm, sich zu setzen.

»Nur noch eine Stunde. Keine Sorge.«

Etwas Kaltes und Hartes war von Beards Lenden abgefallen und durch die lange Unterhose nach unten gerutscht; jetzt steckte es oberhalb seiner Kniescheibe fest. Er fuhr sich mit einer Hand zwischen die Beine – da war nichts. Er legte die Hand aufs Knie, und das entsetzliche, keine fünf Zentimeter lange Ding war steif wie ein Knochen. Es fühlte sich nicht länger an wie ein Teil von ihm. Jan trat auf den Kickstarter, es ging in halsbrecherischem Tempo los; sie rasten über betonharte Eisflächen und an fast senkrechten Steilwänden entlang wie verwegene Profis auf einer Radrennbahn. Warum lag er jetzt nicht zu Hause im Bett? Beard duckte sich in den Windschatten hinter Jans breitem Rücken. Das Brennen in seinen Lenden breitete sich aus, sein Schwanz war weiter nach unten gerutscht, klemmte jetzt in seiner Kniebeuge, und sie fuhren in die falsche Richtung, nach Norden, dem Pol entgegen, tiefer in die Ödnis hinein, in die eisige Finsternis – wo sie längst auf dem Weg zu einer gutbeleuchteten Notaufnahme in Longyearbyen sein sollten. Zweifellos wirkte die Kälte sich zu seinem Vorteil aus, sie hielt das Organ am Leben. Aber Mikrochirurgie? In Longyearbyen? Mit fünfzehnhundert Einwohnern? Beard fürchtete schon, er müsse sich übergeben, doch stattdessen schob er seine Hände unter den Gürtel von Jans Jacke, ließ den Kopf aufs Rückgrat seines Beschützers sinken und schlummerte ein; erst das jähe Verstummen des Motorschlittens weckte ihn, und dann erblickte er über sich den finster aus dem Eis ragenden Rumpf des Schiffs, auf dem er eine ganze Woche verbringen sollte.

Die Autoren

Ewald Arenz, geboren 1965, studierte englische und amerikanische Literatur sowie Geschichte und publiziert seit Beginn der Neunzigerjahre. Für seine Werke wurde er mehrfach ausgezeichnet. Bei dtv erschienen seine Romane ›Der Duft von Schokolade‹ (dtv 13808), ›Der Teezauberer‹ (dtv 13978), ›Ehrlich & Söhne‹ (dtv 14051) und ›Das Diamantenmädchen‹ (dtv 14230).

›Königreich Familie‹ 174

(Abdruck mit freundlicher Genehmigung des Verlags ars vivendi, Cadolzburg. Aus: E. Arenz, Meine kleine Welt, Cadolzburg 2008)

T. Coraghessan Boyle, geboren 1948 in Peekskill/New York im Hudson Valley, entdeckte seine Liebe zum Schreiben während des Geschichtsstudiums. Heute zählt er zu den bekanntesten und produktivsten amerikanischen Autoren. Für seinen Roman ›World's End‹ erhielt er 1987 den PEN/Faulkner-Preis. Er lebt mit seiner Familie in Kalifornien und unterrichtet an der University of Southern

California in Los Angeles. Mehr über den Autor unter: www.tc–boyle.de/

›Vom raschen Aussterben der Tiere‹ 74
(Abdruck mit freundlicher Genehmigung des Carl Hanser Verlags, München. Aus: T. C. Boyle, Zähne und Klauen. Erzählungen. Deutsch von Annette Grube und Dirk van Gunsteren, München 2008)

Alex Capus, geboren 1961 in Frankreich, studierte Geschichte und Philosophie in Basel. Er arbeitete als Journalist bei verschiedenen Schweizer Tageszeitungen und bei der Schweizerischen Depeschenagentur SDA in Bern. Alex Capus lebt heute als freier Schriftsteller in Olten, Schweiz.

Bei dtv erschienen u. a. ›Fast ein bisschen Frühling‹ (dtv 13167, 2004), ›13 wahre Geschichten‹ (dtv 13470, 2006) und sein Bestseller ›Léon und Louise‹ (dtv 14128, 2012).

›Wollene Unterhosen‹ 47
(Aus: A. Capus, Eigermönchundjungfrau (dtv 13227). Deutscher Taschenbuch Verlag GmbH & Co. KG. München 2004)

Elke Heidenreich, geboren 1943 in Korbach/ Waldeck, verbrachte ihre Jugend im Ruhrgebiet, studierte Germanistik, Theaterwissenschaft und Publizistik in München, Hamburg und Berlin. Seit 1970 arbeitet sie als freie Autorin und Moderatorin für Funk, Fernsehen und verschiedene Zeitungen.

›Rudernde Hunde‹. 118

(Abdruck mit freundlicher Genehmigung des Carl Hanser Verlags, München. Aus: E. Heidenreich/B. Schroeder, Rudernde Hunde. Geschichten. München 2002)

Dora Heldt, 1961 auf Sylt geboren, ist gelernte Buchhändlerin, Verlagsvertreterin und Autorin. Mit ihren spritzig-unterhaltenden Romanen erobert sie regelmäßig sämtliche Bestsellerlisten. Die Romane ›Urlaub mit Papa‹ (dtv 21143, 2008), ›Tante Inge haut ab‹ (dtv 21209, 2009) und ›Bei Hitze ist es wenigstens nicht kalt‹ (dtv 24857, 2011) wurden auch verfilmt. Dora Heldt lebt in Hamburg.

›Weil Weihnachten ist 7

(Abdruck mit freundlicher Genehmigung der Autorin. © 2014 Dora Heldt)

Ulrich Knellwolf, geboren 1942, wuchs in Zürich und Olten auf. Er studierte Theologie und promovierte über Jeremias Gotthelf. Seit

1969 ist er als Pfarrer tätig. Er veröffentlichte Romane, Kriminalromane und Erzählungen, zuletzt ›Gott baut um. Weihnachtsgeschichten‹ (2013). Knellwolf lebt in Zollikon bei Zürich. Für seine Romane und Erzählungen wurde er vielfach ausgezeichnet.
›Tod in Sils Maria‹ 157
(Abdruck mit freundlicher Genehmigung des Verlags Nagel & Kimche im Carl Hanser Verlag, München. Aus: U. Knellwolf, Tod in Sils Maria, München 2004)

Siegfried Lenz, geboren am 17. März 1926 in Lyck/Ostpreußen, zählt zu den bedeutendsten und meistgelesenen Autoren der deutschen Nachkriegs- und Gegenwartsliteratur. Sein Werk wurde mit zahlreichen Preisen und Auszeichnungen geehrt, u. a. dem Goethe-Preis der Stadt Frankfurt und dem Friedenspreis des Deutschen Buchhandels. Er lebt in Hamburg.
›Eisfischen oder Was man mit Hechten erleben kann‹ 179
(Abdruck mit freundlicher Genehmigung des Hoffmann und Campe Verlags, Hamburg. Aus: S. Lenz, Die Erzählungen. Hamburg 1966)

Harry Luck, 1972 in Remscheid geboren, lernte bei der dortigen Tageszeitung das journalistische Handwerk, studierte in München Politikwissenschaften und arbeitete viele Jahre als Nachrichtenredakteur und politischer Korrespondent. Heute lebt er mit seiner Familie in Bamberg, wo er die Öffentlichkeitsarbeit des Erzbistums verantwortet. Er hat bereits zahlreiche Romane, Kurzgeschichten und Sachbücher veröffentlicht. Mehr über den Autor: www.harry-luck.de

›Harry, fahr schon mal in Hückeswagen vor‹ 183

(Die hier vorliegende Erzählung erschien auch unter dem Titel ›Der Tag, an dem Ludenke starb‹ in: ›Mörderisch Bergisch‹, herausgegeben von M. Itschert und D. Juhr, 2013. Abdruck mit freundlicher Genehmigung des Autors. Vermittelt durch die Literaturagentur Kai Gathemann, München. © 2013 Harry Luck)

Ian McEwan, geboren 1948 in Aldershot (Hampshire), lebt in London. 1998 erhielt er für ›Amsterdam‹ den Booker-Preis und 1999 den Shakespeare-Preis der Alfred-Toepfer-Stiftung für das Gesamtwerk. Sein Roman

›Abbitte‹ wurde zum Weltbestseller und mit Keira Knightley verfilmt. Er ist Mitglied der Royal Society of Literature, der Royal Society of Arts und der American Academy of Arts and Sciences.

›Schon mal Schneemobil gefahren?‹ 200
(Abdruck mit freundlicher Genehmigung der Diogenes Verlag AG, Zürich. Auszug aus I. McEwan, Solar. Deutsch von Werner Schmitz. Zürich 2010, 2012)

Annette Petersen, Jahrgang 1964, lebt mit ihrer Familie in Hannover. Die Diplom-Geografin war nach dem Studium Hörfunkredakteurin, wurde mehrfach mit dem Niedersächsischen Hörfunkpreis ausgezeichnet und ist jetzt freie Autorin. Neben ihrem Roman ›Luft und Lüge‹ und dem eBook-Kurzroman ›Inselkind‹ hat sie zahlreiche Kurzgeschichten veröffentlicht und war 2008 nominiert für den Agatha-Christie-Krimipreis. Sie ist Mitglied der Mörderischen Schwestern und des Syndikats. Mehr über die Autorin unter: www.annette-petersen.de

›Familiendrama‹ 59
(Abdruck mit freundlicher Genehmigung der Autorin. © 2012 Annette Petersen)

Ulrike Rylance studierte Deutsch und Englisch in Leipzig und London und arbeitet seit einigen Jahren als freie Autorin. Sie schreibt Kinder- und Jugendbücher. Unter dem Namen Ulrike Herwig veröffentlicht sie außerdem sehr erfolgreiche Unterhaltungsromane für Erwachsene. Seit 2001 lebt sie mit ihrer Familie in Seattle/USA, wo es immer so viel regnet, dass ihr gar nichts anderes übrig bleibt, als pausenlos Bücher zu schreiben.
›Vorfreude‹ 147
(Erstveröffentlichung. Abdruck mit freundlicher Genehmigung der Autorin. Vermittelt durch die Literaturagentur Kai Gathemann, München. © 2014 Ulrike Rylance)

Kim Småge, geboren 1945 in Trondheim, ist eine der ersten Krimiautorinnen Norwegens, die in ihre Bücher gesellschaftliche Probleme einbezog und ihre Helden älter werden ließ. Bereits ihr Debütroman ›Nachttauchen‹ (1984) war ein großer Erfolg. Zuletzt erschien ihr Roman ›Das Zweitgesicht‹ (2007).
›Das Weingeheimnis‹ 131
(Deutsch von Gabriele Haefs. Abdruck mit freundlicher Genehmigung der Autorin. © 2014 Kim Småge)

Martin Suter, geboren 1948 in Zürich, ist Schriftsteller, Kolumnist und Drehbuchautor. Bevor er sich ausschließlich fürs Schreiben entschied, war er als Werbetexter und Creative Director tätig. Seine Romane sind international große Erfolge. Für die Weltwoche schrieb er regelmäßig die Business-Class-Kolumnen. Suter lebt mit seiner Familie in Spanien und Guatemala.

›Neues von Dings‹ 55

(Abdruck mit freundlicher Genehmigung der Diogenes Verlag AG, Zürich. Aus: M. Suter, Business Class. Geschichten aus der Welt des Managements. Zürich 2000, 2002)

Jan Weiler, 1967 in Düsseldorf geboren, ist Journalist und Schriftsteller. Er war Chefredakteur des SZ-Magazins und Kolumnist beim Stern. Sein erstes Buch ›Maria, ihm schmeckt's nicht!‹ gilt als eines der erfolgreichsten Romandebüts der letzten Jahre und wurde auch verfilmt. Weiler verfasst auch Hörspiele und Hörbücher, die er selber spricht. Er lebt mit seiner Frau und seinen zwei Kindern in der Nähe von München.

›Der Nikolaus ist da!‹ 140

(Abdruck mit freundlicher Genehmigung der Rowohlt Verlag GmbH, Reinbek. Aus: J. Weiler, Mein Leben als Mensch. Reinbek bei Hamburg 2009)

Geschichten für alle Lebenslagen im dtv großdruck

Sommerglück
Hg. v. Karoline Adler
ISBN 978-3-423-**25353**-6

Eine richtig gute Zeit
Lesebuch
Hg. v. Helga Dick und Lutz-W. Wolff
ISBN 978-3-423-**25325**-3

Alle meine Lieben
Die schönsten Familiengeschichten
Hg. v. Karoline Adler und Brigitte Hellmann
ISBN 978-3-423-**25317**-8

Viele schöne Tage
Ein Lesebuch
Zusammengestellt v. Helga Dick und Lutz-W. Wolff
ISBN 978-3-423-**25331**-4

Bitte besuchen Sie uns im Internet: www.dtv.de

Milena Agus
im dtv großdruck

Eine Liebeserklärung an Sardinien und an eine einzigartige Großmutter

Milena Agus

Die Frau im Mond

Roman

ISBN 978-3-423-**25337**-6

Sie ist nur von einer Sehnsucht erfüllt: die große Liebe zu erfahren. Doch die Männer der Insel nehmen Reißaus vor der bildschönen jungen Bauerntochter. Erst als reife, unglücklich verheiratete Frau trifft sie den Mann ihrer Träume. – Die Geschichte eines Lebens, erzählt von der Enkelin, die das Tagebuch ihrer Großmutter Jahrzehnte später gefunden hat.

»In aller Heimlichkeit nisten sich Liebe und Fantasie nicht nur im Leben der Heldin, sondern auch zwischen den Zeilen, den Seiten, den Deckeln dieses großen kleinen Buches ein. Und lassen es schimmern.«

Brigitte

Bitte besuchen Sie uns im Internet: www.dtv.de

Dörthe Binkert im dtv großdruck

»Dörthe Binkert versteht es, die Vielschichtigkeit ihrer Personen und ihre tiefsten Gefühle mitreißend darzustellen.«
literaturmarkt.info

Weit übers Meer

Roman

ISBN 978-3-423-**25324**-6
(auch als eBook erhältlich)

Antwerpen 1904: Eine geheimnisvolle Frau geht an Bord eines Überseedampfers. Ohne Gepäck und Geld. Bald meldet sie sich als blinde Passagierin.

»Ein ganz wunderbar erzählter Roman vor einem Hintergrund, der die Titanic-Zeit aufleben lässt.«
Alex Dengler auf denglers-buchkritik.de

Bitte besuchen Sie uns im Internet: www.dtv.de